AF384827

# GYMNASE ACADÉMIQUE,

## OUVRAGE NATIONAL,

### DESTINÉ A RECUEILLIR LES PRODUCTIONS EN PROSE ET EN VERS

### DE TOUS LES HOMMES DE LETTRES

#### QUE POSSÈDE LA FRANCE,

PUBLIÉ PAR LES SOINS ET SOUS LES AUSPICES D'UNE SOCIÉTÉ DE LITTÉRATEURS ET DE SAVANTS,
AVEC UNE INTRODUCTION

## PAR ALPHONSE KARR.

*Bureaux, à Paris, rue Richer, N°. 33.*

Le Gymnase Académique paraît par livraisons de plusieurs feuilles, à des époques indéterminées, de manière toutefois qu'il soit publié au moins douze livraisons par année, formant un fort volume grand in-8°, imprimé à deux colonnes, conformément au Spécimen ci-après, et contenant la matière de quatre volumes ordinaires.

### Prospectus-Specimen.

Il est, dans l'ordre moral, un gouvernement qui réunit tous les suffrages : son nom même, objet de tant de controverses dans l'ordre politique, ne soulève ici aucune passion fébrile, et peut se prononcer sans danger..... *c'est la République des Lettres.* Chacun y jouit de la plus grande liberté, et peut parcourir dans tous les sens le vaste domaine de l'intelligence, dont l'horison n'a point de bornes. Les honneurs, les dignités, les titres y sont décernés au mérite, et non à la faveur; la fortune elle-même y vient aussi tout naturellement chercher les plus dignes; et celle-là est bien acquise, car elle n'est le prix d'aucune spoliation, d'aucun remords.

Il y a pourtant bien aussi dans notre gouvernement, quelque peu de coterie, de camaraderie..... mais les succès qu'on obtient par cette voie frauduleuse ne durent qu'un jour..... Laissez-faire au vrai mérite; un peu plus tôt, un peu plus tard, il ne manque jamais de se placer au premier rang.

Toutefois, et malgré l'égalité qui règne parmi tous les membres de cette grande famille, il n'est pas toujours facile de percer la foule, de s'illustrer, de SE CRÉER UN NOM, noble but dès constans efforts de tous ces jeunes adeptes, qui se disputent la palme, et soutiennent quelquefois la lutte avec plus de courage que de succès.

A Paris même, sur ce théâtre de tant de nobles rivalités, que d'obstacles à surmonter, que d'humiliations à subir, que de chagrins à dévorer, pour un pauvre homme de lettres, avant qu'il ait vu son nom cité par la critique, attaqué d'abord, bientôt soutenu par elle, et enfin inscrit avec honneur sur le frontispice immortel du Panthéon littéraire?

Oh! mais alors, quel triomphe, quelle gloire et quel noble orgueil! quand ce nom, naguère si obscur, n'est plus prononcé maintenant que comme le synonime de l'esprit, du goût et du talent, et, quand il parvient aux extrémités du globe, proclamé par les millions de voix retentissantes de la presse, cette puissante et tyrannique messagère de la renommée!

Mais s'il est difficile de se faire un nom à Paris, cette difficulté n'est-elle pas presqu'insurmontable pour les hommes de lettres, que leur position de famille, de fortune ou d'affaires, retient en province, loin de ce soleil brillant de la capitale qui vivifie les productions de la pensée, en les réchauffant aux feux du génie!

Que de talens méconnus, que d'intelligences étiolées, faute de culture et d'aliment; que de flambeaux éteints avant d'avoir jeté des flammes! Combien d'hommes de cœur se sont abandonnés au découragement, désespérés qu'ils étaient de leur impuissance et de leur isolement.

De là ces reproches et ces clameurs contre l'envahissement de Paris, contre cette fatale centralisation qui, en politique, en industrie et en littérature, dépouille et appauvrit les départemens au profit de la ville capitale, tête énorme et colossale d'un corps maigre et chétif que ses membres décharnés ne peuvent plus supporter.

Injuste et bannale accusation!

Renvoyons ceux qui la soutiennent sérieusement au bon Lafontaine, à son admirable fable des *Membres et de l'Estomac*. Renvoyons-les aussi à la spirituelle et savante introduction de notre ami Alphonse Karr, qui commence notre premier volume, et où il prouve d'une manière si piquante que *Paris n'est qu'une abstraction*.

Non, Paris n'absorbe pas à *son profit exclusif* toutes les richesses de la France, toutes ses intelligences, toutes ses capacités!

Paris n'est pas seulement la *tête*, c'est aussi le cœur de ce glorieux empire. Et s'il reçoit par les mille canaux, par les mille artères qui sillonnent ce vaste corps, les sucs généreux et nutritifs qui font sa force et sa puissance; il les rend aussi à la circulation qui les lui a donnés; mais il les rend pleins d'une nouvelle énergie, plus substantiels et plus féconds; il les renvoie sans réserve, pour qu'ils puissent porter libéralement, jusquà ses extrémités les plus infimes, la prospérité, l'abondance et la vie!

A Paris, sans nul doute, brillent à un haut degré, les hommes les plus éminens dans les sciences, les lettres et les beaux-arts... mais aucune de ces grandes célébrités n'appartient à Paris.

Nommer Châteaubriand, Lamartine, Guizot, Casimir Delavigne, Lamennais, Victor Hugo, etc., etc., c'est donner à chacune de nos provinces l'occasion de revendiquer l'une de ses gloires les plus illustres et les plus pures.

Les vieilles cités françaises qui ont doté leur pays de ces hommes célèbres, seraient-elles donc jalouses de la couronne que Paris a placée sur leur front?

Que manque-t-il enfin aux littérateurs de nos départemens, pour leur faire reconnaître la vérité de la thèse que nous venons de soutenir?

Que leur manque-t-il encore?

Une tribune où ils puissent se faire entendre; un organe qui accueille leurs poétiques inspirations, leurs savantes paroles, qui les répète, et leur fasse trouver un écho.

Cet organe, nous le leur offrons.

Si dans la carrière qui lui est ouverte, et qu'il veut parcourir avec indépendance et courage, le *Gymnase académique* était assez heureux pour découvrir un SEUL talent modeste, dont l'avenir dût appartenir à l'illustration de son pays; pour le signaler, le mettre en relief, et apprendre à la presse à répéter un beau nom, — rien n'égalerait son bonheur et sa joie.

Au moins, et quoiqu'il arrive, on ne pourra refuser au *Gymnase* l'honneur d'avoir proclamé la véritable égalité, — *l'égalité des droits devant le tribunal de l'opinion publique*, la véritable confraternité, — la confraternité de l'intelligence, du travail et du talent.

# CONDITIONS.

Le prix de la souscription pour un an est de VINGT-SEPT FRANCS. On ne s'abonne pas pour moins d'une année. — Le montant de la souscription doit être adressé *franco* au directeur du gymnase académique, RUE RICHER N° 33, soit en un mandat sur la poste, soit par l'intermédiaire des libraires ou des messageries.

Tout souscripteur a droit à une insertion d'un article de *deux cents lignes* de prose, ou de *cent lignes* de poésie, à son choix.

La place réservée une fois par souscription peut être divisée en plusieurs articles suivant le désir des auteurs. Il est tenu noté des insertions partielles, afin que chacun demeure dans les termes de ses engagemens respectifs.

Toute insertion excédant la limite ci-dessus fixée, se paye à raison de vingt centimes par ligne de prose, et de trente centimes par vers.

La Direction traite de gré à gré, et au prix le plus modéré pour les articles dont les auteurs désirent avoir un certain nombre d'exemplaires détachés du recueil, et qui leur sont livrés avec une couverture spéciale et un titre imprimé avec le plus grand soin.

Les manuscrits envoyés à la Direction ne sont point rendus aux auteurs qui conservent néanmoins la propriété de leurs articles publiés.

Chacun a le droit de signer ou de ne pas signer ses articles, mais l'auteur d'un article non signé doit se faire connaître par lettre au directeur du gymnase qui répond de la publication.

DEUX GRANDS PRIX sont décernés chaque année par la Société du Gymnase Académique, *l'un pour la prose*, *l'autre pour la poésie*, aux auteurs des deux pièces jugées les meilleures, parmi toutes celles qui ont été insérées dans le recueil, pendant le cours de l'année.

*N. B.* — Les lettres, paquets, envois d'argent ou de compositions littéraires doivent être adressés *franco*, aussi bien que les souscriptions, au directeur du Gymnase-Académique, à Paris, rue Richer, n° 33.

Imprimerie de HERHAN et BIMONT, rue du Caire, 82.

# GYMNASE

## ACADÉMIQUE.

# Introduction.

Il y a bien peu de gens qui voient les choses comme elles sont, et qui même en présence d'un spectacle, puissent empêcher leur mémoire de tromper leurs yeux par de menteuses hallucinations.

Les poètes français, même ceux d'Alsace,—s'il y a des poètes en Alsace,—ont, de tout temps, appelé le mois de mai le mois des roses, quoique sous le ciel de presque toute la France, il n'y ait jamais de roses dans le mois de mai; cela vient simplement de ce que la poésie française est éclose dans la chaude Provence d'un germe apporté de la Grèce, où les lauriers-roses remplacent, sur les rives des fleuves, les saules bleuâtres de nos rivières.

Il y a des gens qui quittent leur famille, leur maison, leurs amis, leur chien, et leur fauteuil accoutumé, pour aller voir la mer, font cent lieues sans air dans une voiture infecte, et écrivent à leurs amis : « Je vous écris des bords de *l'Océan, père des fleuves; l'Eurus et le Notus* bouleversent *l'empire de Neptune,* des *vagues hautes comme des montagnes* épouvantent les *nochers* et brisent les *carènes.* » Tout cela est écrit et imprimé dans leur bibliothèque qu'ils ont laissée à Paris; ils n'ont rien vu et ils ont eu tort de se déranger.

Il est plus facile d'apprendre les pensées des autres, que de penser soi-même; le plus grand nombre des hommes a dans la tête une sorte de casier étiqueté où il trouve sur chaque sujet des idées et des définitions toutes faites.

C'est aux gens ainsi construits que l'on doit l'origine des niaises et inutiles discussions sur Paris et sur la province, sur la centralisation et sur la décentralisation.

Il y a sur ces sujets un certain nombre d'idées saugrenues que l'on se transmet de générations en générations, sans qu'il se trouve un homme qui s'avise de vérifier le titre de cette vieille monnaie fruste et effacée.

Prononcez le mot *province* devant dix personnes séparément, — et chacune, ouvrant le carton étiqueté *province*, vous dira : *province, pays barbare,—il n'y a que Paris, elle a d'assez beaux yeux pour des yeux de province,— un provincial ! — une provinciale !!!*

Huit sur ces dix personnes n'ont jamais commis de plus lointaine pérégrination qu'une promenade aux Tuileries ou au Luxembourg; elles ne jugent pas d'après leurs impressions, elles n'en ont aucune; d'après leurs idées, elles en ont moins encore; elles ont simplement ouvert la *case-province*; elles en ont tiré tout ce qui s'y trouve, après quoi elles ont replié et renfermé soigneusement le tout, pour s'en servir à la première occasion.

Cette proscription de la province

est une sottise ; — Paris n'est rien qu'un grand bazar, un immense caravansérail où l'on vient de tous les points vendre et acheter, où l'on vend, où l'on achète tout, même des choses qui ne devraient ni s'acheter ni se vendre. Cette proscription de la province rappelle la bévue de ce magistrat de 93, qui, entendant dire que la France allait perdre ses colonies, et qu'on serait fort embarrassé pour avoir du sucre, s'écria : Que nous importent les colonies, n'avons-nous pas les raffineries d'Orléans ?

En effet, Paris consomme, mais Paris ne produit pas. — Paris est un gouffre où chaque jour entrent pêle-mêle et entassés par toutes ses issues, par toutes ses barrières, du lait, des bestiaux, des légumes et des poètes. — Paris mange tout cela, et la province travaille sans cesse à produire des poètes, des légumes, des bestiaux et du lait pour assouvir les voraces appétits de ce gargantua affamé.

Il n'y a qu'une chose que l'on ne trouve guère à Paris, — ce sont des Parisiens. — Je ne crois pas connaître un Parisien. — Je jette un regard autour de moi : — Mon domestique est Savoyard, ma femme de ménage Bretonne, et mon chien est né à Saint-Pierre-Miclon.

Cherchons ailleurs des Parisiens.

M. Victor Hugo est né en Franche-Comté ;

M. de Lamartine — à Mâcon ( Saône-et-Loire );

M. Casimir Delavigne — au Hâvre ;

M. de Châteaubriand — en Bretagne ;

M. Méry — en Provence ;

M. Jules Janin — dans le Foretz ;

M. Léon Gozlan — en pleine mer ;

M<sup>me</sup> Georges Sand — en Touraine ;

M. H. de Balzac — en Touraine ;

M. Frédéric Soulié — en Languedoc ;

M. Alexandre Dumas — à Villers-Cotterets ;

M. Eugène Sue — en Provence ;

Etc., etc., etc.

Et pourquoi, en effet, Paris n'emprunterait-il pas ses poètes à la province ? — La province a des horizons verts, de hautes et silencieuses forêts où l'on marche sur la mousse parsemée de violettes, — des prairies émaillées, des rivières bordées d'iris jaunes et de myosotis couleur du ciel ; — la province a de hautes montagnes sur le sommet desquelles l'homme, plus près du ciel, aspire à grands flots la poésie ; — la province a l'océan avec ses magnifiques colères et ses mouettes blanches qui jettent comme des éclats de rire dans la tempête ; — et la Méditerranée, ce vaste miroir dans lequel le ciel se contemple avec amour.

Les poètes naissent en province, les poètes meurent à Paris.

Mais il n'est pas si facile qu'on le pense d'arriver à Paris avec son bagage de vers et de prose, d'espérance et de désirs. Le poète ne peut venir à Paris comme l'enfant de l'Auvergne et de la Savoie, pour se mettre au coin d'une rue, et attendre qu'on l'emploie. — Il faut que le poète, quand il arrive, puisse dire son nom, — et que « ces amis inconnus » auxquels on dédie les livres, lui disent : — Vous voilà, soyez le bien venu. Il faut qu'il ait éveillé quelques sympathies ; et qu'il trouve des mains prêtes à serrer les siennes ; — et, pour parler en prose, il faut qu'il trouve un libraire prêt à imprimer son livre, un théâtre prêt à jouer son drame.

C'est donc une heureuse idée que celle de créer une revue à laquelle sont appelés à concourir les jeunes écrivains des divers départemens de la France, une revue qui leur préparera, les amis pour les accueillir et leur tendre la main, les libraires pour imprimer leurs livres, et les théâtres pour jouer leurs drames.

ALPHONSE KARR.

# ÉLÉGIE

## A une Mère sur la Mort de son Enfant

*Noli plangere.*

Pourquoi donc le pleurer votre enfant, tendre mère ?
Ange sorti du ciel il y vient de rentrer :
De ce divin trésor simple dépositaire
Vous deviez tôt ou tard vous le voir retirer !...

Non, ne le pleurez plus !.— Qu'eut-il fait dans ce monde ?
— Souffert... car ici bas nous vivons pour souffrir ;
Puis au bout de sa route en douleur si féconde
Au malheureux encore il eût fallu mourir !.....

Mourir.....—Non d'une mort si douce et si paisible
Que le mourant nous semble un ange qui s'endort ;
— Mourir de cette mort inexorable, horrible,
Qui, quand l'heure a sonné, nous brise avec effort !...

Mais avant d'arriver à cette heure dernière
Qui plus tôt ou plus tard sonne ici bas pour nous,
Avant de parvenir au bout de la carrière,
Que de périls pour lui, que de craintes pour vous.

Et puis, qui sait ? hélas ! trompant votre espérance,
Si ce fils, à la voix d'un monde suborneur,
Foulant aux pieds, un jour ! sa robe d'innocence,
N'eût pas, avec le sien, détruit votre bonheur.

Qui sait ? —dans les écarts d'un coupable délire,
Si ce fils, tout-à-coup, au crime abandonné,
N'eût pas forcé sa mère, elle-même à maudire,
Le jour où de ses flancs un enfant était né ?...

— Là haut du moins pour lui vous n'avez rien à craindre,
Rien à craindre pour vous...—Le vice au souffle impur,
Les fureurs des méchans ne peuvent plus l'atteindre ;
Dans le sein de son Dieu son avenir est sûr !

Nous avons, tous, au ciel un ange tutélaire
Qui veille sur nos pas, à toute heure, en tous lieux ;
Vous n'en aviez hier qu'un seul... — Heureuse mère !
Le Seigneur aujourd'hui vous en accorde deux.

—Oh ! comme il va prier pour vous jusques à l'heure
Où le Dieu qui soudain l'a rappelé vers lui,
Vous rappelant aussi dans sa sainte demeure,
Vous rendra cet enfant qu'il vous ôte aujourd'hui,

Non, ne le pleurez Plus !..—Il est avec les anges;
Loin d'accuser le ciel d'une injuste rigueur
Dans un cantique saint d'amour et de louanges
Pour vous , pour votre enfant bénissez le Seigneur!!

Th. WAINS-DESFONTAINES,
*Membre lauréat des Académies de Rouen-
Cambray, Èvreux, etc.*

# CONTRE LA PEINE DE MORT,

*Fragment extrait du Livre du Peuple.*

Des saintes maximes d'égalité , de liberté, de fraternité, immuablement établies, émanera l'organisation sociale. Les intérêts privés peu à peu se fondront en un seul intérêt, celui de tous, parce que, soustraits à l'influence du froid et stérile égoïsme, tous comprendront, tous sentiront qu'il n'y a de vie que dans l'amour, d'apaisement de l'âme que dans le dévouement qu'il inspire. Semblable à la colombe qui repose sur son nid, il pénétrera de sa douce chaleur le germe divin caché au fond de la nature humaine, et l'on verra éclore comme un monde nouveau.

Dans ce monde , illuminé de la splendeur du souverain être, le lien sacré qui opère l'union des créatures et de leur auteur apparaîtra aux hommes tel qu'il est; et la religion, dépouillée des vêtemens vieillis qui la recouvrent, du corps infirme usé par les ans où elle gît comme en un tombeau, se remontrera dans sa pureté et sa sainteté éternelle. L'Evangile du Christ, scellé pour un temps, sera ouvert devant les nations, et toutes, elles viendront y lire la loi, y puiser la vie.

A présent, abaissées vers la terre, perdues dans les ténèbres et le vuide de ce qui se passe, les ames aspirent à la lumière, au bien immuable, infini; elles ont soif de Dieu. Sitôt qu'elles auront retrouvé leur voie, elles s'élanceront vers lui d'un impétueux mouvement, ainsi qu'en un désert brûlé par les feux du midi, des voyageurs se hâtent vers la fontaine longtemps désirée qui les abreuvera de ses eaux limpides.

La société conçue selon sa vraie nature cessera d'être une lutte organisée entre les intérêts divers, L'inflexible justice y protégera également tous les droits. A quel titre le fort dépouillerait-il le faible des siens , lui en interdirait-il l'exercice ? Qu'est-ce que Dieu a donné à l'un qu'il n'ait aussi donné à l'autre? Le commun père a-t-il réprouvé quelques-uns de ses enfans ? Vous qui réclamez la jouissance exclusive de ses dons, montrez le testament qui déshérite vos frères.

L'œil constamment ouvert sur les maux pour les soulager, la charité modifiera profondément les lois, elles tendront de plus en plus à compenser, par une sollicitude , une assistance spéciales , les désavantages qui résultent inévitablement pour plusieurs, soit des inégalités naturelles , soit de certaines circonstances fortuites de naissance ou de position.

Le fils de l'homme disait : « Les « renards ont leur tannière, les oi- « seaux du ciel ont leur nid; mais le « fils de l'homme n'a pas une pierre « pour y reposer sa tête. »

On ne punira plus les infortunés qui portent le poids des mêmes destinées que le fils de l'homme ; on ne leur imputera plus le crime de ceux qui les délaissent.

La législation même instituée pour la répression des vrais délits changera de caractère. Un esprit de miséricorde et de douce compassion y remplacera l'esprit de vengeance, l'idée fausse et sanglante d'expiation. On verra dans le criminel un frère égaré qu'on doit plaindre, éclairer, ramener; un malade que l'on doit s'efforcer de guérir s'il est guérissable, empêcher de nuire aux autres et à soi-même, s'il ne l'est pas. L'amélioration du coupable sera le but de la punition. Comment sa souffrance pourrait-elle être une réparation pour la société?

La vie n'appartient qu'à Dieu, et c'est pourquoi il est écrit « Vous ne tuerez point. » Quand la loi tue, elle n'inflige pas un châtiment, elle commet un meurtre.

Appelez-vous justice l'acte qui rend infâme celui qui l'accomplit, l'acte qui ravit à un être humain tous ses droits ensemble, et non seulement ses droits, mais la faculté même de posséder jamais aucun droit? Lorsque de cet être animé vous avez fait une poignée de cendre, cette cendre, emportée par les vents, sera-t-elle sur la terre où elle tombe, une semence de bien, un germe de vertu?

Qu'importe, au reste? l'amour domine la justice même, et le propre de l'amour est de se dévouer à celui qu'on aime, de se sacrifier à lui volontairement. Le frère ne dit point à son frère: donne-moi ta vie; il lui donne la sienne. LA PEINE DE MORT FUT ABROGÉE, IL Y A DIX-HUIT SIÈCLES, SUR LA CROIX DU CHRIST.

L'ABBÉ DE LAMENNAIS.

---

# POUR LA PEINE DE MORT,

*Extrait de la Correspondance d'une Femme.*

Munich, le.......

« J'ai retrouvé ici tous les journaux français. La *Gazette des Tribunaux* fait toujours une grande dépense de beaux sentimens contre la peine de mort, j'avoue que je ne suis pas sensibilisée par ses lamentations; je n'aperçois pas la vérité des grands discours qu'on a publiés sur cette matière, car en définitif, que reste-t-il des longues phrases, des brillantes paroles qu'on a rassemblées avec tant de soin et d'élégance? Un seul principe posé clairement; *il n'y a pas sur terre de puissance qui ait à sa disposition l'existence des hommes.* Ce principe est incontestable, mais il en est un autre au moins aussi positif, et que la nature a écrit partout en caractères éternels : *tout ce qui existe non-seulement peut, mais encore doit combattre de toutes ses forces ce qui lui apporte sa destruction.* De là découle le droit de défense légitime; quiconque voit son existence attaquée, peut et doit la défendre par tous les moyens possibles. Un homme se présente sur la grande route, il saisit la bride du cheval, et demande *la bourse ou la vie;* le voyageur peut et doit lui brûler la cervelle; là cesse totalement la force du principe : *il n'y a pas sur terre de puissance qui ait à sa disposition l'existence des hommes;* lorsqu'un individu dit à un autre *la bourse ou la vie,* l'autre a un droit incontestable sur l'existence du premier, il lui suffit d'avoir une paire de pistolets bien organisés.

Le premier principe peut donc subir des modifications, le second n'en admet aucune; cette différence se montre à mon esprit bien nettement posée, et j'affirme consciencieusement que le deuxième principe est plus fort que le premier; c'est à tel point que, dans le cas ou une femme voudrait détruire le fils qu'elle vient de mettre au monde, si celui-ci en avait la force, il pourrait, en se défendant, tuer sa mère, sans commettre un crime... pas même une mauvaise action, et l'étranger qui interviendrait aurait le droit incontestable de donner la mort à la mère, pour sauver le fils. Je t'assure que je comprends la vérité de ce que je t'écris avec une force que rien ne pourrait détruire; tu penseras sans doute comme moi, parce que nous avons pris l'habitude d'examiner toute chose par le bien et le mal. Dans la plus grande intensité du bien, l'existence de l'homme ne lui appartient pas; elle lui est confiée par l'auteur de la création, il lui doit entière protection; mais quand ce principe est invoqué par une existence qui en attaque une autre ou a déjà opéré sa destruction, la volonté de cette noble défense, qu'indique la nature, est flétrie par le crime. L'âme refuse sa protection à qui porte atteinte au droit qui la réclame.

« Je comprends très-bien, qu'un homme condamné à mort pour un crime qu'il a commis il y a plusieurs années n'ait plus contre lui l'influence de la défense légitime, absolument comme si cette défense arrivait au moment de l'action, mais ici le principe change de forme, sans perdre de sa force. La civilisation a conduit les hommes à faire des lois pour la protection de tous; elles doivent aider le bien et détruire le mal; elles doivent être exécutées au nom et dans l'intérêt de toute la société, mais comme le plus souvent il n'y a qu'un des membres de la société dont les intérêts ont été lésés, la société toute entière prend parti pour celui qui invoque ou pourrait invoquer la loi; c'est ce qui donne naissance au droit d'ordre social, et qui est identiquement la répétition du droit appartenant à celui contre lequel le crime a été commis, de telle sorte que, sous l'empire de la civilisation, l'ordre public au nom de la société toute entière, est saisi du droit de défense légitime, qui dans l'état de nature appartient particulièrement à tout ce qui est attaqué : les choses étant ainsi fixées, l'exécution reçoit une forme nouvelle, parce que le crime se trouve arrêté ou suspendu, et que l'obligation de défense légitime cesse d'être dominée par la nécessité d'action du moment; c'est alors que la sagesse, qui doit présider à tout ce qui est fait au nom de la société, impose des longueurs, et retarde l'application du droit de défense légitime; mais cette situation est due toute entière au sentiment d'humanité qui est en faveur du coupable, elle ne change

rien au principe : celui qui, en attaquant l'existence de son semblable, s'est déclaré hostile à la société, se place dans la situation d'un ennemi auquel on peut légitimement donner la mort.

« Ces idées me paraissent bien justes, je ne crois pas qu'elles rencontrent des contradicteurs chez les hommes de bonne foi; mais on peut encore soutenir que, de ce que la société aurait des droits sur l'existence de celui qui en aurait tué un autre, il n'en résulterait pas qu'il fût dans l'intérêt de la justice et de l'équité d'en user.

« La peine de mort n'est appliquée que dans le cas où il y a préméditation, ainsi tous les argumens employés contre le supplice prouvent eux-même combien est profond scélérat, celui qui porte atteinte à l'existence de son semblable. Cette perversité de sentiment ne permet à la société aucune espérance de retour au bien; ici, apparaissent des considérations de l'ordre le plus élevé; un homme, ayant ses facultés intellectuelles agissant froidement, prémédite un crime, impose à son âme un terrible forfait; un autre homme expire sous ses coups sans que ses entrailles aient été émues par les gémissemens de sa victime; la société confierait-elle encore au poignard de cet homme d'autres existences qui sont sous sa sauvegarde? ça n'est pas possible. On dit : il faut appliquer la prison pour toujours; on a même pensé que le coupable souffrirait davantage, que d'ailleurs la mort n'était point un préservatif contre le crime, parce qu'elle est moins redoutée que la prison à vie.

« D'abord il serait impossible d'ôter au prisonnier tous les moyens qu'il pourrait avoir de donner la mort à quelqu'un; ensuite la pensée d'une chose qui doit durer toujours ne peut entrer dans l'esprit de l'homme; d'ailleurs, on a bien le droit de se défendre de celui qui nous attaque, mais on n'a pas le droit de le faire souffrir toujours; enfin, s'il tuait encore, que lui ferait-on?

« Lorsque l'on dit que la crainte de la mort n'a pas d'influence sur les hommes, ont fait une grande erreur; celui qui, combattant pour sa patrie, monte à la brèche, enlève une redoute ou court sur les baïonnettes d'un bataillon carré, peut agir sans être arrêté par la crainte de la mort ; mais lorsque le glaive de la justice doit fraper un criminel, couvert du voile de l'infamie, la mort est un supplice affreux ! plus d'une fois son ombre terrible a arrêté les coups d'un scélérat. On sait qu'aux bagnes ces malheureux qui vivent attachés avec du fer, gémissent sans cesse sous les coups d'une inflexible barbarie ; cependant si le dernier supplice les menace, ils se débattent contre la mort, et quand leur tête tombe, leur âme s'échappe épouvantée.

« Ordonner la mort de quelqu'un, c'est une chose horrible !!!

« Cependant, un homme reçoit chaque jour le pain d'un bienfaiteur, et vit à l'ombre des soins d'un père ou d'une mère qui le protègent ; il partage la fortune d'un ami... une idée sombre le poursuit ; il veut tout avoir, et rêve les effets du poison ; son imagination devine, pendant longues années, les molécules qui doivent produire la destruction, il les rassemble peu à peu. Le temps est venu, tout est préparé et prévu ; en même temps qu'il reçoit l'existence, il la détruit ; il suit les symptômes de la fièvre ; il il prodigue le venin à la bouche brûlante qui lui en demande sans cesse ; il respire les angoisses de la mort, et après que les dernières convulsions ont arraché l'âme qui le bénit, des larmes abondantes viennent protéger la joie concentrée qui rit derrière le crime ; encore une fois que ferez-vous à cet homme ? C'est donc bien vrai, il est des circonstances où la peine de mort est un devoir pour la société.

« Il ne faut point attribuer l'effet qui a été produit par les écrits publiés sur l'abolition de la peine de mort à la force des raisonnemens qui ont été employés. Mais au sentiment d'horreur, qu'inspire l'exécution ; cette épouvantable barbarie, qui est portée à son comble dans les prisons, aux galères, sur l'échafaud, influence tous les esprits en faveur des condamnés, parce que les peines sont infligées par des moyens qui dégradent celui qui les emploie. Par exemple, y a-t-il rien de plus hideux que cette machine qu'on appelle le bourreau ? une chose vivante qui professe la coupe des têtes ! Il exerce une mission créécpar la loi, c'est un devoir : tout devoir doit être consciensieusement rempli ; il a tranché sagement et avec méthode l'existence d'un être sans force, anéanti en face de la mort, et demandant grâce, les mains tournées vers le ciel... le sang coule, le bourreau emporte un cadavre, et le peuple, épouvanté, recule d'horreur : il trouve des larmes pour le scélérat qu'on vient de punir ; il conserve l'infamie à l'image de l'exécuteur des hautes-œuvres, qui représente sans cesse à son esprit la dégradation de l'espèce humaine.

« Je jette les yeux sur ma montre, il est deux heures et demie ; le courrier va partir : je suis désespérée de ne pouvoir écrire pour l'abolition de la peine de mort ; mais je suis ainsi faite, ma plume doit toujours être l'expressionde ma pensée. J'aurai du moins la consolation de faire, quand je le pourrai, tous mes efforts pour stigmatiser les rigueurs de l'exécution. »

Anna de MARSILLY.

# ADIEU.

## A M<sup>me</sup> Sophie F...

> Hélas ! semblable aux biens que m'a montrés la terre,
> Pour moi tu n'as brillé qu'un jour !
>
> *(Concours des jeux floraux.)*

Toi que j'ai rencontrée au chemin de la vie,
Pour consoler mes jours assiégés de revers ;
Comme le voyageur perdu dans les déserts
Trouve pour reposer sa paupière affaiblie ,
    L'ombre des gazons verts ,

Quoi ! tu veux me quitter ! lorsque ta douce haleine
Épanchait sur mon front un parfum d'amitié ;
Quand ta fidèle main portait une moitié
De mes pesans chagrins... maintenant de ma peine
    Qui donc aura pitié ?

Oui, tu fus de mes jours l'étoile rassurante,
Quand ils se levaient noirs, elle avait à mes yeux
Une lueur plus vive, un teint plus radieux,
Et semblait apporter à ma vue expirante
    Quelque chose des cieux !

Sous mon toit, seul témoin de ma douleur extrême,
Ah ! qui viendra troubler le silence et l'effroi ?
Sourire à mon souris, partager mon émoi ,
M'envelopper de soins et me dire : « je t'aime ! »
    Ou, « je pleure avec toi ! »

Je ne le sais que trop, hélas ! jamais personne
De mon triste réduit ne franchira le seuil,
Jamais regard ami ne fixera mon œuil
Et de mes pensers, rien de ce qui m'environne
    N'écoutera le deuil !

Allons, éloigne-toi, puisque le sort t'entraîne ;
Puisses-tu sur tes pas rencontrer le bonheur !
Adieu, constante amie , adieu ma tendre sœur ,
Souvent, oh ! bien souven t, sur ta rive lointaine
    S'envolera mon cœur.

M<sup>me</sup> Fanny DENOIX (de Beauvais).
*membre de l'Académie Ébroïcienne.*

# LA PIÈCE DE DIX SOUS,
## NOUVELLE HISTORIQUE.

C'était au mois de janvier, entre cinq et six heures du soir, au moment où l'obscurité permet à peine de distinguer les objets, je traversais la place du Carrousel, lorsque mon attention fut attirée par les sanglots d'une jeune fille assise sur une pierre provenant des démolitions de l'ancien hôtel d'Elbeuf; je m'approchai de cet enfant qui paraissait avoir huit ou dix ans, et je vis une figure charmante qu'encadraient les longues boucles blondes des plus beaux cheveux du monde. — « Que faites-vous donc ici, mon enfant, seule à cette heure, et qu'avez-vous à pleurer ? »

La petite hésitait à répondre ; mais enhardie sans doute par l'expression bienveillante qu'elle remarqua sur mes traits : — « Monsieur, me dit-elle, je « pleure, parce que maman m'avait « donné une pièce de dix sous pour « faire une commission ; mais je l'ai « perdue, et je n'ose plus rentrer « à la maison !..... — « Mon Dieu ! « n'est-ce que cela ? tenez, pauvre « petite, voilà les dix sous que vous « avez perdus ; faites votre commis- « sion, rentrez chez votre maman, et « ne pleurez plus. » L'enfant me remercia avec une effusion que je ne remarquai point d'abord, mais que je me rappelai plus tard, prit sa course et disparut en un moment.

Le lendemain, le hasard voulut qu'à pareille heure je repassais sur cette place, lorsque mes yeux se portèrent sur un groupe de personnes qui paraissaient occupées à chercher quelque objet ; je m'informai, et l'on me dit que c'était une jeune fille qui avait perdu une pièce de dix sous qu'elle paraissait regretter beaucoup et qu'on l'aidait à la retrouver. Un honnête libraire, dont la boutique est étalée dans une de ces échoppes qui garnissent la place, avait poussé la complaisance jusqu'à allumer une lanterne pour chercher la pièce perdue. J'eus bientôt reconnu ma petite fille de la veille, qui pleurait d'une manière très naturelle et jouait parfaitement son rôle... car, je n'en pouvais plus douter, c'était un rôle qu'on lui avait appris : j'avais été pris pour dupe, et je n'étais probablement pas le seul. Comment était-il possible d'abuser à ce point de la candeur et des grâces naïves de l'enfance pour la former à la ruse et lui apprendre à tromper ? Ah ! combien ils étaient coupables ceux qui avaient ainsi, et de si bonne heure, perverti le naturel de cette enfant ! Je demeurais là, sur cette place, absorbé dans ces pénibles réflexions, lorsque la petite fille, levant les yeux, me reconnut à son tour, poussa un cri d'effroi que seul je pouvais comprendre, et, joignant les mains, fixa sur moi un regard si expressif, si suppliant, que j'en fus attendri. Je m'éloignai rapidement sans que personne pût soupçonner tout ce qui venait de se passer entre l'enfant et moi, par l'échange instantané de ce seul regard.

Mais ma curiosité était vivement excitée ; cet enfant n'était point une mendiante ordinaire ; la propreté de ses vêtemens, sa physionomie distinguée, tout semblait cacher ici quelque mystère que je résolus de découvrir.

Je revins donc une troisième fois au Carrousel, mais plus tôt que les jours précédens, et j'attendis que la petite fille se rendit à son poste accoutumé. En effet, elle ne tarda pas à paraître..... J'allai droit vers elle, et comme j'avais le même costume que la veille, elle m'eût bientôt reconnu ; mais elle se détourna vivement et voulut fuir,... je l'en empêchai, et commençai à lui adresser quelques reproches ; alors elle se mit à fondre en larmes... Cette fois ce n'é- tait point une comédie ; je lui inspi- rais une sorte de terreur, et au milieu de sanglots entrecoupés, elle laissait échapper quelques mots sans suite.

— « Ah ! monsieur, si vous saviez.... « ma pauvre maman..... mon Dieu ! « ne lui dites pas..... laissez-moi aller « la retrouver..... je vous en prie..... « mon Dieu ! mon Dieu !..... »

— « Allons, tranquillisez-vous ; ne « vous effrayez pas ; mais il faut me « conduire chez votre maman. »

L'enfant s'arrêta tout-à-coup, me regarda très fixément, et d'un ton qu'aucune parole ne pourrait pein- dre :

— « Vous ne lui ferez pas de mal, n'est-ce pas ?

— « Non, certainement : peut-être » même pourrai-je lui faire quelque « bien !

— « Oh ! mon Dieu ! si c'était pos- « sible !... Alors, venez vite...

Et à son tour ; la petite, qui ne pleurait plus, et dont le visage s'était animé d'une expression indicible d'es- pérance et de bonheur, m'entraîna rapidement dans une petite rue voi- sine du Louvre, me fit monter six étages, ouvrit une porte à peine fer- mée, et s'écria en entrant dans une pièce mal éclairée :

« Maman, voici un monsieur qui « veut te voir ! »

Une dame, jeune encore, mais pâle, maigre, et dont le visage était altéré par de longues souffrances, se leva avec peine du fauteuil délâbré où elle paraissait gisante, et, surprise, in- quiète, sans proférer une parole, semblait m'interroger des yeux et at- tendre que j'eusse expliqué le motif de ma visite...

J'hésitais... mais pourtant je rompis un silence qui commençait à devenir embarrassant, et, avec tous les ména- gemens possibles, je racontai à cette dame ce dont j'avais été témoin, et me hasardai à dire combien la con- duite de son enfant m'avait supris et affligé. Pendant mon récit, la petite avait caché sa jolie tête sur les genoux de sa mère, qui la couvrait de ses deux mains.

Alors cette pauvre mère, avec un ton où se peignaient l'étonnement et la douleur, dit en regardant sa fille : « Tu as fait cela, Marie !!!

— « Oh ! maman, ne me gronde « pas ! c'était pour toi ! c'était pour « t'avoir du pain !... »

Et la pauvre femme, oubliant alors l'action répréhensible de son enfant pour ne voir que la bonté de son cœur, l'attira sur son sein, la baisa avec transport ; et pendant un moment ces deux êtres, si chers l'un à l'autre, confondirent leurs embrassemens et leurs larmes.

J'étais vivement ému, et ce que je venais de voir m'en apprenait assez... Il y avait là de longues peines à adou- cir, un grand malheur à réparer, et je bénis la providence d'avoir jeté les yeux sur moi, pour cette bonne œu- vre.

Personne n'avait appris à la petite Marie, le rôle que je lui avais vu jouer ; et c'était moi, chose bizarre, qui, sans m'en douter, lui en avais fourni l'i- dée.

Le jour où je la rencontrai pour la première fois, elle avait réellement perdu la petite pièce de monnaie que sa mère lui avait remise : c'était la dernière que la pauvre femme possé- dait. La douleur de Marie était réelle, et en lui rendant ce qu'elle avait per- du, je la comblai de joie.

Mais le lendemain, il n'y avait plus rien à la maison. Sa mère à peine ré- tablie d'une longue maladie, trop fai- ble pour sortir, n'ayant d'ailleurs plus d'amis et de ressources, avait passé la journée entière dans les larmes, et avait exigé que l'enfant mangeât le dernier morceau de pain qui lui res- tait. Marie s'était alors rappelé sa ren- contre de la veille, et sans rien dire à sa mère, elle s'était échappée un mo- ment d'auprès d'elle, et avait imaginé, toute seule, cette scène, qui annon- çait une intelligence au-dessus de son âge.

Cette fois elle mentait, et commet- tait un acte bien répréhensible. — Mais c'était pour sa mère ! — Et assu- rément elle ne croyait pas aussi mal faire ! — Sa ruse lui avait réussi. — L'honnête libraire dont j'ai parlé plus haut, après avoir vainement cherché avec sa lanterne la prétendue pièce perdue, avait eu pitié de Marie, et lui en avait aussi remis une autre. L'en- fant l'avait portée à sa mère, en disant qu'on la lui avait donnée, mais sans rien ajouter de plus ; et la pauvre femme l'avait reçue par une impérieuse nécessité ; et comme un bienfait du ciel qui lui venait de sa petite Marie !

Nous eûmes bientôt fait comprendre à cette petite combien elle avait eu tort, sa mère me pria de lui pardonner, et la confiance s'étant établie entre nous, je devins dépositaire du secret de ses chagrins. Madame M*** est la veuve d'un de nos artistes les plus célèbres. Son mari, après avoir presque entièrement perdu la vue dans des travaux d'utilité publique, dont nos musés conservent le souvenir, se trouva réduit à vivre d'une pension que lui faisait l'ancienne liste civile, et qui suffisait alors aux besoins de sa famille. Les événemens de 1830 diminuèrent de beaucoup ce petit revenu, et la gêne qui en résulta pour M. M***, jointe au chagrin qu'il éprouvait de ses infirmités prématurées, le jetèrent dans un profond découragement ; une maladie de langueur s'empara de lui, et ne l'emporta qu'après trois années de souffrances et de regrets amers. Pendant ces trois années, les livres du malheureux artiste, quelques tableaux et quelques objets d'art qu'il possédait encore furent successivement vendus, ponr soutenir le ménage et payer les frais de la maladie ; et quand il mourut, sa femme et sa fille restèrent sans appui, sans consolation, en proie à la plus affreuse détresse.

Depuis ce moment, madame M***, retirée dans la mansarde où je la voyais, avait vécu du produit de quelques travaux à l'aiguille, qu'elle n'avait sollicités qu'en tremblant... Mais succombant elle-même à son désespoir, la force et la santé l'avaient abandonnée, et la malheureuse mère.....

O providence ! deux jours encore... et je serais peut-être arrivé trop tard !

Je fus saisi d'une inspiration subite.

— « Madame, m'écriai-je, voulez-vous « me confier votre enfant ? »

— « Mon enfant !!! » et la pauvre mère, avec une sorte d'effroi, pressait plus fortement sa fille sur son cœur.

— « Oh ! rassurez-vous ; pour une « heure seulement, et je vous la ra« mène ensuite. J'ai le pressentiment « que votre existence va changer.....

— « Marie ! mon amour ! tu ne vou« drais pas me quitter !

— « Te quitter... Ah ! mon Dieu ! » et à son tour l'enfant avait passé ses jolis bras autour du cou de sa mère, dont elle baisait le front et les yeux humides de larmes.....

Je les rassurai toutes deux, je pris Marie par la main ; nous descendîmes, et madame M*** dans une agitation extrême, nous suivit des yeux jusqu'à ce qu'elle nous eût tout-à-fait perdus de vue.

J'enmenai Marie au Palais-Royal, chez Hamel, au restaurant Véfour. Nous montâmes au premier étage. Là, dans un salon décoré avec autant de luxe que de bon goût, une douzaine de jeunes gens, joyeux artistes et dandys élégans, faisaient à un nombre égal de femmes à la mode, artistes, folles et élégantes comme eux, les honneurs d'un somptueux dîner auquel présidait la plus franche gaîté.

A ma vue, ce fut un hourra universel !

— Ah ! te voilà enfin !

— Oh ! le vilain flâneur !

— Nous sommes déjà au second service !

— Tant pis pour toi d'abord, nous ne recommencerons pas !

Et la spirituelle Fanny, à côté de laquelle on avait gardé ma place, voulut aussi ajouter son mot.

— Toujours trop tard ! dit-elle avec malice.

Le mot fit fortune, et je fus accueilli d'un déluge de quolibets, de plaisanteries bonnes et mauvaises que je reçus avec la meilleure grâce du monde et sans la moindre contrariété, tant j'étais heureux de ce que j'allais faire !

— Mesdames et messieurs, un moment de silence, si c'est possible !

— Oh ! oh ! qu'est-ce donc ? s'écrièrent-ils tous à la fois.

Je pris alors dans mes bras ma jolie petite Marie qui s'était tenue cachée derrière moi, et à laquelle personne n'avait fait attention ; et d'un accent que la vérité rendait pathétique, je leur fis avec chaleur et conviction le tableau de ce que je venais de voir, et j'excitai leur sympathie pour cette honorable infortune, que j'avais résolu de faire cesser.

« Vous êtes tous artistes, mes amis, c'est la veuve d'un camarade qu'il faut secourir ; être heureux et faire le bien, quelle plus belle mission sur la terre! à l'ivresse de votre réunion, joignez le mérite d'un bienfait; ce bonheur-là en vaut bien un autre!

« Et vous, mesdames, rappelez-vous la chanson de notre ami Béranger, voilà un petit ange qui vous ouvrira les portes du paradis; mais vous savez *qu'on n'y entre que par la charité!* »

— Bravo, bravo!!! et tous saisis par la même pensée, entonnent à la fois ce délicieux refrain :

     « Dieu lui-même
      « Ordonne qu'on aime,
    « Je vous le dis en vérité
    « Sauvons-nous par la charité! »

Je n'avais pas achevé de parler que ma jolie Marie m'est enlevée; les dames se la font passer de bras en bras, la couvrent de caresses, et se dépouillent à l'envi de leurs colliers qu'elles lui passent au cou, de leurs bagues dont elles chargent ses doigts délicats, de bijoux et de riches frivolités dont elles l'accablent avec une généreuse profusion. Pendant ce temps-là les jeunes gens avaient vidé leurs poches, et mon chapeau se trouvait rempli d'une offrande qui dépassait toutes mes espérances.

— Merci, merci, mes bons amis! madame M***, va retrouver sa pension; et c'est à vous, c'est aux collègues de son mari qu'elle le devra... Continuez votre fête maintenant; vous devez être heureux!!! [Ah! l'on ne saura jamais tout ce qu'il y a de noble et de généreux dans le cœur d'un artiste!

Je voulus achever mon ouvrage. Le produit des bijoux réalisé immédiatement, joint à la somme d'argent jetée dans mon chapeau, produisit un capital assez important pour pouvoir acheter le fonds d'un magasin de mercerie, où j'installai madame M*** et sa fille. J'ai l'espoir que ce changement de fortune rendra la santé à cette digne dame. Sa reconnaissance a quelque chose d'angélique et de touchant qui pénètre jusqu'au cœur! et son amour pour sa fille est devenu une idolâtrie.

La petite Marie fait les honneurs de son magasin avec une intelligence et une grâce infinies; mais quand on lui donne en paiement une pièce de dix sous, elle rougit, pâlit, et devient toute tremblante

Jules PERSIN.

---

# IMITATION LIBRE D'HORACE.

---

Mæcenas Atavis edite Regibus, etc.

Mécène, illustre sang des rois,
O mon orgueil et mon seul guide!
Qu'un autre, sur un char rapide,
De la gloire adorant les lois,
Aille dans la lice olympique
Couvert d'une poudre héroïque
Chercher des succès périlleux;
Et, rasant la borne fatale
Cueillir la palme triomphale
Qui le met au niveau des dieux.

Le candidat qu'au premier rang
Élève un parti formidable,
Et l'agromane insatiable
Qui de Cérès voit sur son champ
S'épuiser la main libérale,
Ne voudraient pour tout l'or d'Attale
Abandonner un sort si doux,
Pour aller, nochers intrépides,
Sillonner les plaines liquides
Et braver les flots en courroux.

Encor tout glacé de terreur,
Vois ce négociant avare
Des mers où disparut Icare
Maudire aujourd'hui la fureur.
Mais bientôt son penchant l'emporte
Et de l'indigence à sa porte
Croyant voir le spectre hideux,
Il rentre au vaste sein des ondes,
Et va, sur ses nefs vagabondes,
Affronter les flots écumeux.

Dans la coupe au large contour
Savourant le bouillant massique
D'autres en un cercle bachique
Verront gaiement finir le jour,
Tantôt sous l'abri tutélaire
Dont un arboisier solitaire
Ombrage le concert joyeux ;
Tantôt sur la pelouse humide
Où la source fraîche et limpide
S'égare en détours sinueux.

Bravant la saison des frimats,
Loin de sa compagne inquiète
Dans la plus sauvage retraite
L'ardent chasseur porte ses pas
Soit que dans sa course rapide
Il ait vu la biche timide
Fuir devant ses chiens haletans ;
Soit que dans les forêts de Marse
La dent du sanglier vorace
Ait rompu ses lacs impuissans.

D'autres enfin, vaillans guerriers
Sentent redoubler leur courage
Quand l'airain sonnant le carnage
Leur permet de nouveaux lauriers.
Pour moi, loin d'un peuple volage
Lorsque des nymphes du bocage
J'entends les concerts gracieux.
Que le lierre ornement du sage
Ceint mon front de son verd feuillage
Je crois marcher l'égal des dieux.

Héritier du luth de Lesbos,
Si la divine Polymnie
D'une touchante symphonie
Me laissait charmer nos échos.
Si mes extases poétiques,
Au nombre des chantres lyriques
Me valaient un rang glorieux,
Mécène, en mon ivresse extrême
Je croirais au séjour suprême
Porter mon front victorieux.

***,

*avocat à la Cour royale de Poitiers.*

# UNE SCÈNE

## DE LA VIE D'UN POÈTE.

Huit heures venaient de sonner à toutes les horloges de Paris; il était nuit, et dans une mansarde faiblement éclairée par une lampe, on eût pu voir un jeune homme qui fixait sur la porte des regards impatients et semblait attendre quelqu'un. Tout dans ce misérable appartement annonçait une détresse profonde; quelques chaises délabrées, un lit et une table à demi-brisée composaient tout l'ameublement; çà et là gisaient des volumes épars. Le jeune homme était pauvrement vêtu, et son costume plus que négligé ne prévenait pas en sa faveur; mais lorsqu'on remarquait son visage où la souffrance semblait avoir laissé des traces, lorsqu'on voyait ses yeux s'animer et lancer des éclairs, on se sentait ému et l'on devinait que le malheur avait passé là. C'était Gilbert le poète, le pauvre Gilbert attendant son père, son père qu'il n'avait pas vu depuis sept ans, depuis qu'il avait quitté Fontenay-le-Château, sa patrie. Aussi qu'il était joyeux, le noble jeune homme!! comme il comptait les minutes, comme sa figure était animée et comme les battements de son cœur soulevaient sa poitrine!!! Tout-à-coup la porte s'ouvre, et Gilbert était déjà dans les bras de son père qui le serrait tendrement contre sa poitrine et versait des larmes de joie.

Oh! mon père, s'écria le poète lorsqu'il se fut dégagé des étreintes du vieillard, que je suis heureux de vous revoir. c'est le seul moment de joie que j'aie éprouvé depuis bien long-temps.

— Et moi! qu'il me tardait de t'embrasser, mon enfant; j'avais toujours peur de mourir avant de t'avoir pressé contre mon sein.

— Quelle affreuse idée!...

— Mon ami, je suis bien vieux, et la mort peut d'un instant à l'autre venir me surprendre.

— Non, mon père, Dieu n'aurait pas voulu vous rappeler à lui sans que vous eussiez revu votre enfant chéri.

— Aussi je bénis le ciel de m'avoir conservé jusqu'à ce jour... Oh! que je t'embrasse encore..... Mais que tu es pâle; comme tu parais souffrant?

— Oh! c'est que depuis que j'ai quitté notre village j'ai bien travaillé, voyez-vous. La jour m'a souvent surpris, après une nuit d'étude, méditant sur les belles poésies de nos auteurs; la jeunesse et la vie s'usent ainsi.

— Mais pourquoi tant travailler?

— Il le faut pour réussir; il le faut pour celui qui ne fait pas de la littérature un vil métier...

— Dis-moi, Laurent, es-tu heureux? Il régnait dans tes lettres un ton de tristesse qui me faisait mal... mais jamais tu ne t'es expliqué clairement.

— Oh! mon père......

— Parle; ouvre-moi ton cœur.

— Eh bien! non, je ne suis pas heureux, je ne l'ai jamais été : la misère, l'envie, les injures m'ont toujours poursuivi..... Oh! regardez-moi, voyez mes traits abattus par la souffrance, mes yeux ternes qui brillaient autrefois de tout le feu de la jeunesse; n'est-ce pas, n'est-ce pas que j'ai bien souffert!...

— Pauvre enfant!...

— Je suis venu ici croyant que l'on m'accueillerait avec bonté, que l'on soutiendrait mes pas chancelants; eh bien! au lieu de l'appui et de la protection que j'espérais, je n'ai trouvé partout que dédains et refus humiliants. Moi qui venais avec mes modestes essais de poésie, je croyais que l'on m'encouragerait; mais non; ils ne donnent pas au poète le temps de prendre son essor : Arrête lui crient-ils, tu ne dois point essayer de gravir le sentier périlleux de la poésie, tu n'as point assez de génie, tu te briseras dans ta chûte.... Les imbécilles...

— « est-ce que l'aigle, avant de s'élever au plus haut des nues ne rase pas long-temps la surface de la terre ? Insensés, qui veulent que le poète soit à son aurore ce qu'il doit être à son midi !........ Ainsi, j'ai essuyé les mépris et les humiliations de tous; les uns s'efforçant de me dégoûter de la poésie, les autres voulant que j'en fisse un usage honteux; car il faudrait pour réussir se mettre à la suite de ces prétendus philosophes, de ces impies, de ces athées, qui veulent régler à leur gré les lois du monde littéraire, et qui par leurs écrits obscènes ravalent la dignité de l'écrivain... Moi, je n'ai point suivi leur exemple; ma muse est restée vierge de toute infamie; mais repoussé et rebuté partout, je cache ma triste existence dans cette triste habitation.....

— Et n'as-tu rien à te reprocher ? Tu es vif, tu te livres à tes premières impressions; peut-être t'es-tu conduit avec légèreté?....

— Je ne crois pas; seulement, quand j'ai vu la corruption qui gangrénait la république des lettres, j'ai pris la plume, je l'ai trempée dans la boue, et j'ai entaché d'un sceau reprobateur ces fronts qui sous leur auréole de poète se croyaient à l'abri de toute atteinte..... Oh ! ma satire du dix-huitième siècle leur a causé bien des insomnies.

— Tu as eu tort; tu devais montrer plus de modération.....

— Plus de modération !... Mon père, écoutez-moi : Fallait-il donc prostituer ma plume à l'éloge de ces apostats du goût et de la pureté, qui prêchent la morale et pratiquent le vice; à ce Voltaire, n'est-ce pas, parce qu'il a outragé la décence dans une foule d'écrits; à Jean-Jacques Rousseau, dont j'admire le talent, sans doute, mais dont je méprise les mœurs privées; sera-ce à ce Laharpe qui, dans sa plate prose et dans ses vers plus plats encore, prétend diriger le char des muses?... Oh ! non, j'ai bien fait de rester pur au milieu de cette fange, et de pouvoir dire que le peu de gloire que j'ai acquis m'était vraiment due.

— Ainsi tu te trouves seul en butte aux attaques de tes ennemis !...

— Oui, je suis seul..... Ah ! j'oubliais : j'ai trouvé un ami qui réunissait le bon sens au talent, et qui par sa verve satirique a su me venger de mes tyranniques oppresseurs. Fréron m'a servi de père; c'est lui qui me mène comme par la main et me donne des forces pour lutter contre le torrent; car dès qu'ils ont su que j'avais saisi le fouet sanglant de la satire, ils se sont tous rués sur moi comme une meute de chiens affamés, et ils sont tous prêts à dévorer leur proie, si jamais elle succombe....

— Et tes ressources pour vivre ?

— C'est à peine si j'ai du pain; les libraires, vendus à la secte philosophiques, dédaignent de m'acheter mes ouvrages.

— Mais, mon fils, pourquoi n'es-tu pas venu te jeter dans mes bras ? pourquoi n'es-tu pas revenu dans la maison paternelle?

— Mon père, je lutte contre la fortune; nous nous étreignons l'un l'autre dans ce champ-clos qu'on appelle le monde littéraire.... Il faut que le combat se décide; il faut que l'un des deux succombe. Si c'est moi, alors vous me reverrez; mais encore rien n'est perdu; j'ai toujours pour moi ma plume et mon courage, Dieu merci !..

— Oh ! reviens près de moi, je t'en conjure.....

— Et c'est vous qui me donnez un pareil conseil?.. Fuir; mais ce serait presque une lâcheté..... ·

— Quel noble cœur ! Pauvre enfant va ! persiste donc; peut-être dis-tu vrai; peut-être as-tu, comme poète, une mission à remplir sur cette terre.

— Oh ! mon père, vous me comprenez donc maintenant. . . . . . .
. . . . . . . . . . . . . . . . . . . . .
. . . . . . . . . . . . . . . . . . . - .
. . . . Deux ans après cette entrevue, Laurent Gilbert expirait sur un grabat à l'Hôtel-Dieu, où la charité publique l'avait fait transporter. Pendant qu'il se tordait dans les dernières convulsions de l'agonie, il tenait dans sa main un papier sur lequel il venait d'écrire une ode sublime qui restera comme un monument, comme une

accusation perpétuelle contre le siècle qui laissa son auteur mourir de faim.

Quel poète, que celui dont l'imagination mourante créait encore de pareils vers !

« Au banquet de la vie infortuné convive,
» J'apparus un jour et je meurs;
» Je meurs, et sur la tombe où lentement j'arrive

» Nul ne viendra verser des pleurs.
» Salut champs que j'aimais, et vous douce
(verdure,
» Et vous riant exil des bois;
» Ciel, pavillon de l'homme, admirable nature,
» Salut pour la dernière fois. »

EDMOND BRUN DE VILLERET.

# Les Pleureurs.

Derrière le convoi des riches
On sait ce que valent les pleurs.
On peut en voir le prix aux petites affiches
Avec l'adresse des pleureurs ;
Gens précieux surtout alors que l'on hérite.
Des neveux qu'enrichit le trépas d'un harbon
L'œil trop franc, sans égard pour le *qu'en dira-t-on*,
Se refuse à rouler une larme hypocrite,
Mais ils peuvent pleurer par procuration ,
Ils peuvent, des écus de la succession,
Acheter quelques pleurs sur la mort du bonhomme.
—Mais c'est trop divaguer, et je veux sans détour
Vous dire en peu de mots ce qu'advint l'autre jour
Pour le convoi de certain gentilhomme.
Un des pleureurs en chef avait commission
D'ordonner de sanglots ample provision.
Il arrive chez Jean : « tu sais, de son ulcère
» Monsieur Fierval est mort, c'est une bonne affaire.
» Tient toi prêt, ce matin on le doit enterrer.
— J'en suis fâché, dit Jean , Dieu veuille avoir son âme.
Mais d'aujourd'hui je ne saurais pleurer.
— Comment donc ? — je ne puis. — et quel soin te réclame.
— Cette nuit j'ai perdu ma femme.

VICTOR SCIARD *(de Soissons)*

# LA RELIGION DRUIDIQUE.

On ne tracera pas ici l'histoire détaillée et chronologique du druidisme. Nous renverrons aux sources originales, pour le peu de témoignages que le temps nous a conservés, sur un si vaste et si beau sujet. Nous indiquerons pour principales lumières dans cette haute question, César, Tacite et St.-Jérôme : les historiens, Laureau (*Histoire de France avant Clovis*), don Jacques Marlin, de cette immortelle congrégation de St.-Maur (*Histoire des Gaules et Religion des Gaulois*); l'antiquaire Fauchet (*Antiquités gauloises*), et la dernière publication de M. Fauriel (*Histoire de la Gaule méridionale*), où l'on peut encore trouver quelques renseignemens précieux sur le druidisme. Quant à Strabon, dans sa géographie, il nous donne à peine vingt lignes sur les Druides; et en dernier lieu M. Amédée Thierry, autorité d'ailleurs si respectable pour les premiers temps de la Gaule, nous semble avoir trop légèrement, et surtout beaucoup trop philosophiquement envisagé les Druides. C'est d'après toutes ces autorités réunies que nous avons décrit la caste des Druides, et nous engageons les partisans sincères de la *vérité historique*, à aller fouiller dans les mêmes trésors. Ils y verront, entre autres choses, que loin de mériter les outrageantes invectives, les diatribes, ou les pamphlets sanglans que tant d'écrivains ont lancés contre elle, la religion druidique, fut un culte sublime, auquel toutes les *philosophies* de l'ancien monde rendirent un éclatant hommage.

« Belgius est le 14ᵉ roi inscrit sur les listes. Avec lui s'éteignit la famille d'Hercule de Lybie, famille qui, depuis la mort de son chef, régnait à la fois en Gaule et en Italie. A la mort de Belgius, il n'y eut pas, comme ont dit quelques uns, une assemblée énérale du peuple appelée à se choisir un roi. L'élection libre n'entrait nullement dans la législation celtique; le peuple ratifiait le choix que le souverain faisait de son successeur; mais il ne nommait pas de son plein gré. Le trône étant héréditaire, le défaut d'enfants mâles pouvait seul interrompre l'ordre de succession. Dans ce cas, le souverain désignait, avant sa mort, le *Gaulois* qui devait lui succéder, le présentait aux sages de la nation, aux tribus armées, et enfin le faisait proclamer roi suprême des Gaules, dans une assemblée solennelle, tenue, comme on sait, en plein air et à l'entrée d'une forêt. Si le monarque était mort sans avoir désigné son successeur, les lois conféraient aux Druides, comme aux plus sages et aux plus éclairés de la nation, le pouvoir d'élire le souverain. Belgius mort, les Druides, usant de leur privilége, décernèrent la couronne à Iasius Ianigma, descendant d'Hercule, et qui venait d'être nommé tout récemment patriarche de Toscane. (Iasius descendait indirectement d'Hercule. Il n'appartenait pas à sa famille.) Le peuple, encore plein des souvenirs chéris du grand prince qui avait fait sa gloire, applaudit avec joie, à l'avénement d'Iasius. La même année de cette élection, le royaume d'Athènes commençait en Grèce. Berose est formel sur ce point : *Cæperunt simul duo reges videlicet primus rex Atheniensium Cæcrops Priscus et Iasius Ianigma apud Celtas.* Ceci se passait 80 ans environ avant la fondation de Troie - la-Grande.

L'histoire nous apprend qu'Iasius ne fut pas ce que les Druides avaient espéré, à savoir, un prince courbé sous leur tutelle, sans autre volonté que la leur. Iasius, au contraire, fut digne de ses aïeux. Sa vigueur, sa fermeté égalèrent son amour et son dévoûment pour les Gaulois. Les Druides ne lui pardonnèrent jamais l'affection de son peuple, et leur vengeance fut terrible, puisque ce furent eux qui armèrent Dardanus contre son frère, qui appelèrent à la révolte tous les bourgs de la monarchie et ne se reposèrent qu'après qu'Iasius eût expiré dans son bain, sous le poignard d'un frère auquel il tendait les bras. C'est à cette époque de notre vieille histoire, qu'il faut placer la date précise de la suprématie druidique, suprématie qui amena ce corps redoutable à une aristocratie sacerdotale, dont la puissance absolue remplaça l'ancienne monarchie de Sarron et du grand Hercule. Sans doute, la révolution ne fut pas subite. Après le meurtre d'Iasius, il y eût encore des rois et entr'autres le conquérant de la Sarmatie européenne, Galathus-le-Grand, mais la royauté était tombée, du moment où elle dépendait de la valeur personnelle d'un homme, et que l'ambition des druides était servie par l'imprudente sagesse des anciennes lois que l'expérience aurait du faire corriger. Est-ce à la science, à la politique, ou bien seulement à la religion druidique, qu'il faut attribuer cette décadence de la monarchie et l'élévation lente, mais sure et progressive du druidisme? Les druides se sont-ils imposés par la force militaire ou par l'influence morale de leurs doctrines et de leurs enseignemens? Est-ce au nom du grand Teutatès, père immortel de la nation gauloise? Est-ce au nom des divinités dont ils desservaient les sanctuaires, dont ils rendaient les oracles? Est-ce au nom de Niorda, d'Heimdall à la dent d'or et de tous les autres dieux adorés des gaulois, qu'il ont deshérité la royauté et proclamé l'empire de leur caste? Il y a des écrivains qui ont écrit que c'était à l'aide de ce dernier moyen, de la religion druidique, qu'ils avaient établi leur gouvernement... et comme il suffit presque toujours, selon la rude parole de Montesquieu, qu'une chose ait été dite une fois, pour que tout le monde la répète, surtout si elle est niaise ou absurde, on n'a pas manqué d'accabler d'outrages cette religion fanatique, atroce, sanglante, qui avait méconnu à la fois et l'homme et son créateur.

C'est en abusant ainsi perpétuellement des termes, en confondant sans cesse et malgré tous les avertissemens de l'histoire, un principe quelconque avec celui qui l'exécute, en confondant, pour mieux dire, l'homme et la chose, que l'on brouille, qu'on obscurcit et qu'on dénature les faits.

Qu'est-ce qu'une religion? c'est un culte d'après une croyance intime. Cette croyance est formulée d'une manière ou d'une autre. Pour le druidisme, elle est formulée dans les témoignages de l'histoire et vous savez qu'elle veut dire : adoration de la nature, comme hommage à son créateur. Or, cette formule peut être incomplette; elle peut bien ne pas être l'expression dernière de la raison humaine étudiant le monde et son auteur... La croyance des vieux gaulois peut être entourée, comme presque tous les premiers cultes des peuples, de fables, d'incertitudes, de visions même plus ou moins grossières ou plus ou moins poétiques, mais je nie qu'au fond de quelle religion primordiale que ce soit, l'idée du mal puisse être renfermée. Non, certes, il est trop beau, il est trop simple, ce premier cri de l'innocence humaine; elle est trop naïve, elle part trop du cœur cette prière que la vue de la nature fait soupirer à l'homme, pour qu'on puisse ainsi flétrir la source première de toute vérité. Car, remarquez-le bien les diverses religions qui avant et depuis Jésus-Christ, ont divisé le monde, partaient toutes de ce sentiment simple et pur de l'adoration naturelle. Elles discutaient, commentaient à leur gré et selon le talent de leurs défenseurs, les dogmes, les préceptes dont elles se composaient... Toutes ont prétendu qu'elles étaient la vérité; toutes ont annoncé que hors de leur sein, *il n'y avait point de salut;* mais plus fort, plus durable que tous leurs systèmes, que toutes leurs philosophiques théories et leurs éternelles discussions, le principe de l'adoration naturelle, de la *contemplation* de Dieu, par la simple, la première vue de la nature, ce principe a survécu à tous les grands-prêtres, à tous les pontifes des diverses religions. Ce principe si follement interprété par le paganisme de la Grèce et de Rome, si bizarrement outré par l'Egypte, devenu d'un ridicule grotesque dans les théories des Magès, des brahmes et des prêtres du dieu Wisnou, resta dans toute sa pureté native dans la religion de nos pères. Il faut savoir que la religion druidique, fut dans toute la force du mot, une religion stationnaire. Depuis le déluge jusqu'au règne d'Iasius, l'enseignement des Sarronides fut traditionnel et immuable. On enseignait aux sujets des rois Bardus ou Lucus, les mêmes dogmes, que dis-je, la même vérité une et simple, que le bon Sarron avait enseignée lui-même, aux sages assemblés, sous les chênes de la forêt. Sans doute, ce n'était pas tout dire, ce n'était pas faire une religion savante que de dire : « Il existe un être souverain au-dessus des sens et une âme immortelle, animant sans cesse de nouveaux corps. » Mais y a-t-il dans cette religion druidique, (car la voilà toute entière dans son principe), y a-t-il là, la moindre prise possible au fanatisme? Y a-t-il la moindre superstition dans cette croyance, ou bien l'un et l'autre seraient-ils dans la forme des sacrifices destinés à rendre un hommage, un culte extérieur à ces croyances? Mais qu'y a-t-il de superstitieux, de fanatique, dans cette cérémonie fameuse du gui sacré? N'est-ce pas un remerciment, une action de grâces à cette providence, à cet être au-dessus des sens, qui fécondait la terre, donnait la vie à toutes choses et dont les présens étaient d'autant plus précieux qu'ils étaient plus rares?... Qu'y a-t-il de fanatique, dans ces solennelles réunions de nuit, où dans la silencieuse solitude des forêts, la voix du druide debout sur l'autel aux trois pierres, récitait les prières communes que murmuraient tout bas, les gaulois agenouillés?... S'étaient-elles donc effacées pour jamais des souvenirs de nos pères, ces scènes augustes, ces cérémonies si belles de recueillement et d'adoration intime, dont les forêts de la Bretagne, du pays Chartrain et de l'Avernie avaient été témoins sous les règnes de Drys, Sarron, Hercule et Belgius?... Pense-t-on que tout d'un coup, sans raison possible, les gaulois eussent reniés leurs croyance et leur culte, pour suivre hardiment le premier audacieux qui, au nom de la

religion druidique, aurait voulu d'eux un bouleversement soudain? c'était impossible. Les gaulois d'Iasius se rappelaient encore les préceptes simples et sages de la religion druidique, telle qu'on la leur avait enseignée dès l'enfance, et ils savaient bien qu'avant tout, ces préceptes commandaient respect et obéissance aux lois et au souverain. S'acheminer vers l'autorité absolue, au nom de la *religion druidique*, eût été une imposture par trop maladroite. Il fallait faire désapprendre aux gaulois leur antique et simple religion, la pervertir, la fausser peu à peu, à la longue, en créer insensiblement une nouvelle en harmonie avec les projets des ambitieux, et cela était possible aux druides, puisqu'eux seuls étaient les dépositaires de toutes les connaissances et de tous les moyens matériels d'instruire le peuple. Aussi ils n'y manquèrent pas, à partir d'Iasius, la faiblesse croissante de la monarchie fortifia l'aristocratie druidique. Ces prêtres, gardiens du vieux culte national, apostasièrent la religion druidique, pour commencer cette politique infâme dont les détails font frémir. C'est maintenant que vont s'élever dans les noires forêts du pays Chartrain, ces gigantesques colosses d'osier, où le druidisme brûlera ses victimes; c'est maintenant qu'on verra marcher près des trois pierres séculaires, la sanglante procession dès Eubages et les cris du pauvre vieillard égorgé par la prêtresse, viendront au sifflement des tempêtes ébranler les échos de la nuit... Mais sachez que tous ces crimes la religion druidique n'en répond pas, puisqu'elle n'existe plus. Toutes ces boucheries dont l'histoire nous dépeint le hideux tableau, c'est un corps politique, c'est une aristocratie enfin qui les commet. Sachez que parmi toutes ces victimes agréables à Teutatès, il y a plus d'un proscrit, et cette tête qui tombe au refrain sanguinaires des bardes, c'est peut-être un chef de parti, qui dans son village, a osé relever l'étendard de la monarchie... En commettant ces sacrifices, cette aristocratie druidique ose dire, que c'est au nom de la religion... Cette imposture peut tromper quelques contemporains crédules...; mais l'histoire juge et flétrit le véritable criminel. C'est à elle, surtout, qu'il appartient de remettre chacun à sa place, le scélérat, sur l'échafaud ou le bûcher que lui méritèrent ses forfaits, mais dont le dispensèrent ses richesses ou la terreur des hommes, et l'homme de bien, sur le piédestal où un peuple en délire brisa jadis sa statue...

Telle fut cette révolution, tels furent les moyens qui élevèrent l'aristocratie druidique, et l'on voit que la religion n'y est absolument pour rien. « A quoi « bon, me direz-vous, défendre ainsi, « un culte tombé depuis 26 siècles au « moins ?..... » Que nous fait à » nous que ce soit la politique ou « la religion druidique qui ait abruti « les gaulois sous le joug de la plus ignoble servitude ? Ce qui nous « importe, c'est de savoir l'état du « peuple gaulois sous l'aristocratie « des druides, en quoi il différait de « leur état sous les rois, et quelles furent les conséquences de cette situation. » Si l'histoire n'était bonne qu'à exposer froidement un fait, comme un mathématicien son zéro, répondrais-je, nous pourrions commencer à brûler tous les livres sans craindre de faire tort à nos neveux; mais pour tous ceux qui cherchent dans l'histoire, dans les monumens de tout genre que les siècles nous ont laissés, une instruction vraie, un enseignement solide, on fera remarquer que si nous nous accoutumions à ne jamais méconnaître une chose aussi grande, aussi sainte que la religion, si nous nous faisions un devoir de ne jamais employer ce mot que dans son seul et véritable sens, tant d'erreurs, tant de perversités n'auraient pas cours et honneur dans le monde. Je voudrais que jamais, en parlant de quelque culte que ce soit, du culte même le plus absurde, on n'employa ces mots : religion fanatique, religion sanglante, etc., etc. D'abord ces termes jurent ensemble; puisque je vous ai dit qu'il peut y avoir des opinions, des systèmes tels, mais jamais une religion; et puis, ne voyez-vous pas que c'est une offense indirecte il est vrai, mais non moins coupable au christianisme. La La religion du Christ a résumé, dit-on, tous les cultes de l'Ancien-Monde, elle s'est étayée sur leur base commune, et c'est de là, qu'elle a fait surgir cette grande lumière de la vérité, dernier mot de la civilisation humaine. Respectez donc la religion partout où elle a existé, parce que je le répète, au fond de toute ces bizarreries plus ou moins extravagantes, il y a quelque chose de sacré, d'immortel, d'immuable, c'est l'élévation de l'âme vers son créateur; et de toutes les religions antiques, le druidisme est sans contredit celle qui a le mieux compris, enseigné et pratiqué ce sentiment d'une si sublime simplicité; c'était l'avis de Pythagore et de Platon. *Ainsi la religion druidique n'a pas enfanté tous les maux dont on l'a accusée, par la raison bien simple, qu'elle n'existait plus, quand ces maux ont été enfantés. Nous l'avons prouvé; de plus, en supposant son existence, elle ne serait jamais responsable des crimes de ses prêtres. On a écrit de très éloquentes pages sur cette vérité, que nous nous contentons de rappeler ici.

Justin LIARÉS.

(*) Platon, dans son voyage, s'entretint avec un prêtre druide, qui lui exposa toute la beauté de l'antique religion de César : il eût plusieurs conférences avec le fameux druide des Gaules, et il apprit combien ce culte était dégénéré, *primæ simplicitatis loco, superbiam et cruorem affectant.*

# LA RELIGION
## D'UN HOMME DE BIEN.

Pour découvrir ton nom voilé par le mystère,
Mes regards n'iront plus, s'éloignant de la terre,
    Se perdre dans les airs.

Esclave, avec orgueil je servirai mon maître,
Et j'attendrai la mort pour apprendre à connaître
    Le dieu de l'univers.

Roi des jours et des nuits, chef suprême de l'homme,
Toi que le monde ignore et que pourtant il nomme,
    Toi que je sens en moi;

Pour m'exaucer, ô Dieu, reçois més vœux..... écoute :
Fais briller le flambeau qui dissipe le doute,
    Rends-moi digne de toi!

Sur ce globe où mes pas vont s'égarant peut-être,
De la seule vertu, que j'ai pu méconnaître,
    Montre-moi le chemin; |

Et libre désormais, que du monde frivole
Je cesse d'adorer et d'encenser l'idole,
    Pour être heureux demain!

Place non loin de moi, le pauvre qui demande
Pour que ma main souvent dépose son offrande
    Dans la main qu'il me tend;

Et fais que, chaque soir, à l'ombre du mystère,
J'orne de quelques dons l'asile solitaire
    Où l'indigence attend.

Quand l'homme au front pâli lutte avec la souffrance,
Pour ranimer alors sa douteuse espérance;
    Près de lui conduis-moi.

Par mes soins au repos que je puisse le rendre,
Et que toujours j'arrive à me faire comprendre
    En lui parlant de toi.

Si de quelque ennemi le courroux vient m'atteindre,
Tu me feras goûter la douceur de le plaindre
    Et de le protéger.

J'opposerai seigneur, mon amour à sa haine,
Et toi, par son pardon, que j'obtiendrai sans peine,
Tu sauras me venger.

Puissé-je reporter mes regards en arrière,
Quand du tombeau funèbre, au bout de ma carrière,
Je franchirai les bords,

Et la main sur le cœur étranger à l'envie
Voir passer devant moi tous les jours de ma vie,
Sans sentir un remords !

Et lorsque de la mort je serai la victime,
Quand aura disparu le souffle qui m'anime
Pour remonter vers toi.

Permets alors, Seigneur, qu'au-delà de la tombe,
Un doux espoir me suive, et qu'une larme tombe
En souvenir de moi.

DULIN LE COUSTUBIER,<br>(du Puy-de-Dôme.)

# UNE PRÉFACE [1].

*Quel préjugé que celui qui déshonore toute une postérité pour le crime d'un seul !*

Cette exclamation, échappée à l'indignation d'un de nos auteurs du XVIIIe siècle, renfermait une pensée saisissante et profonde : elle l'était surtout à une époque où ce préjugé vivait dans toute sa force; déjà pourtant nos moralistes étaient à l'œuvre, ils ébranlaient l'arbre chargé de fruits gâtés, dont s'étaient nourries tant de générations successives, et que la nôtre, disait-on, avait mission d'abattre. Mais cette grande tâche l'avons-nous remplie, nous, les disciples de ces hommes entreprenans, avons-nous de beaucoup avancé dans ce travail que leur raison avait commencé? ils faut l'avouer, la seule différence qui existe entre notre temps et celui où ils écrivaient, c'est que nos pères avaient l'amour de ces préjugés si hostiles à toute société bien ordonnée, et que nous, nous en avons l'habitude, chose *ouvrée* de long-temps, et si tenace, qu'il est plus sûr de la *découdre* que de la rompre.

Ici, chacun convient avec Bernardin de Saint-Pierre, et avec l'auteur de ce livre, qu'il y a un manque d'équité à faire supporter à un homme innocent une partie des peines encourues par l'homme coupable, qu'on ne doit point participer au déshonneur quand on n'a point trempé dans la faute; et pourtant, nous sommes chaque jour témoins, sinon complices, d'injustices de cette nature. C'est que nous nous laissons subjuguer par l'opinion, par la routine, en dépit du sentiment vrai, naturel aux ames pensantes, mais qui meurt étouffé en elles.

*Les pères ont mangé des raisins*

---

[1]. Cette Préface sert d'introduction à un ouvrage nouveau intitulé *Une Ame d'Enfer,* que publie en ce moment l'éditeur ACHILLE-PHILIPPE, rue de Grenelle-Saint-Honoré, 33. L'auteur, madame Adèle Daminois, déjà connue dans le monde littéraire par quelques productions remarquables, traite ici l'une des questions les plus intéressantes de notre ordre social. Par la préface on peut juger du mérite de ce livre, dans lequel l'élévation de la pensée n'ôte rien à la grace du style.

*verts, et les dents des enfans en ont été agacées*, est-il dit dans l'Écriture. Ceci est une de ces paroles que l'expérience ne rend que trop effrayantes ; mais espérons-le, ce n'est point un arrêt irrévocable.

Le mal existe ; pour l'expulser de la terre, c'est à la société à devenir juste et grande comme la religion, c'est à elle, à ne pas confondre dans ses mépris, dans ses anathèmes, le fils vertueux qui n'a à rougir que de son nom, avec le père qui le lui a légué couvert d'infamie.

Qu'on ne croie donc plus aux affinités du sang, qu'on ne jette plus la flétrissure au front noble, et qu'ici-bas, comme devant Dieu, l'homme ne soit jugé que par ses œuvres.

Ne serait-ce pas aux femmes surtout qu'il appartiendrait de venger celui qu'une réprobation non méritée aurait atteint ? à replacer sur une tête abattue sous le poids d'un préjugé une auréole pure ? oh ! alors toute considération serait personnelle, toute individualité jugée, tout nom honorable, dès qu'il serait dignement porté. Il n'y aurait plus de ces héritages incompréhensibles qui enrichissent certains hommes d'une gloire à laquelle ils n'ont aucun droit, et jettent à d'autres le déshonneur que leurs pensées et leurs actes repoussent.

Ces réflexions, faites pour préoccuper les esprits graves, reparaissent dans quelques pages de ce roman, et s'y trouvent développées par les faits mêmes qui s'y présentent comme autant de conséquences d'un principe reconnu et proclamé ; car ce livre n'a pas été écrit au hasard, il n'est point l'inspiration d'un caprice, d'un rêve ; en lui il y a moins bien peut-être, mais plus que cela.

Et ! à quoi mon Dieu ! servirait d'écrire, en effet, si l'on ne se proposait un but utile ? quel mérite trouverait-on aujourd'hui à un roman qui ne serait pas la personnification d'une idée ! Pourquoi entraînerait-on son lecteur sous un beau ciel, au milieu de frais ombrages, en face d'une nature grandiose, s'il ne doit y trouver ni pensées, ni sensations ?

Peindre, émouvoir, enseigner parfois, voilà ce que doit tenter tout romancier qui cherche quelques sympathies pour ses impressions, quelque intérêt pour ses découvertes, une larmes pour ses drames dont peut-être les scènes ont été prises dans sa vie, et qui le brisent quand il les décrit.... Il est tant de choses qu'on dit avec son cœur, et qu'on pourrait écrire avec son sang?

Dans *une Ame d'Enfer*, on trouve en relief deux caractères modelés sur la nature, et qui, malheureusement, offrent moins d'originalité que de vérité. Ainsi, tout le monde a rencontré sur son chemin un de ces hommes qui, sortis purs de leur berceau, se sont corrompus à chaque pas qu'ils ont fait dans la vie, pour qui l'intelligence même n'a été qu'une lumière trompeuse; puisqu'elle ne les a point écartés du précipice où ils sont tombés ; êtres qui font croire au mal inné, n'apportant à la société que leur maligne influence, morts à la vie intellectuelle, bien qu'avec des facultés grandes et rares, semant autour d'eux l'impiété, le vice, le malheur ; êtres qui n'appartiennent pas à l'imagination, mais qui apparaissent çà et là comme ces astres malfaisans que la terre maudit.

En lisant ce titre, *une Ame d'Enfer*, peut-être s'est-on figuré un de ces hommes qui, dans leur courte apparition, ont marqué par leurs forfaits, comme d'autres par leur vertus; et l'on s'étonnera sans doute de ne trouver dans le héros de cette histoire que des crimes vulgaires qui ne frappent point, parce qu'ils se rencontrent à chaque pas dans la société, que beaucoup se font gloire de les commettre, comme pour témoigner jusqu'où peut aller l'aberration de la pensée ? Mais qu'est-ce, en effet, qu'une ame d'Enfer, si ce n'est celle qui, douée d'intelligence, ne s'en est servi que pour le mal; qui, capable de tout comprendre, de tout sentir, à tout compris et s'est jouée de tout ?

Qui mérite mieux cette dénomination qu'un homme pour qui les mots de religion, de vertu, d'honneur n'ont pas eu de sens, et qui n'a pas su même répondre à l'amour, cette religion des ames les plus simples ?

Oui, ils sont bien venus de l'Enfer ces hommes dont le contact est mortel, qui brisent ce qu'ils touchent, dont le souffle empoisonné brûle tout sur leur passage : espèce de rocs volcaniques contre lesquels viennent se briser comme verre tous les dévoûments et toutes les espérances !

Chacun a aussi rencontré et suivi dans son malheur une de ces femmes de cœur et d'âme, entraînées fatalement vers ceux qui les ont marquées d'avance pour leur victime, misérables créatures pour qui la vie se partage en deux phases : aimer et souffrir ; mais peut-être ce que ce *racontement* a de simple et de commun est-il racheté par quelques détails piquans et neufs : car on n'en a jamais fini avec le cœur humain. A peine croit-on en avoir pénétré tous les secrets, que d'autres mystères apparaissent à la moindre évocation : c'est donc aux initiés à les révéler, s'ils croient leur parole bonne et utile.

De la morale, s'écriera-t-on, qui s'en soucie ? Et s'il en était autrement, qui irait la chercher dans un roman d'imagination ? que répondre à cela ? Qu'il est des rivages qu'on aperçoit long-temps sans les toucher jamais ; que la terre où les yeux se reposent n'est pas toujours donnée à celui qui soupire après elle. Mais se mettre en marche pour y arriver, s'illusionner durant la route, ne point se lasser des obstacles, apporter sa pierre à l'ornière du chemin, c'est du moins faire preuve de bonne volonté et decourage, et c'est ce que s'est proposé l'auteur de ce livre.

M<sup>me</sup> Adèle Daminois.

---

# VOX POPULI, VOX DEI [1].

Et le peuple criait : « Où sont, où sont ces hommes
Qui nous foulent aux pieds, insensés que nous sommes !
Qui doublent chaque jour nos travaux, nos périls ;
Où sont-ils ceux pour qui nous fécondons la plaine ?
Ceux pour qui nous mourons chaque jour à la peine,
  Ces hommes, où sont-ils ?

« Où sont ces opulens, ces rois, ces chefs farouches,
Qui prennent l'or des mains avec le pain des bouches,
Et sur nos cous ployés, mettent leur joug de fer ?
Qui boivent chaque jour, dans l'insultante orgie,
Le sang des nations dont leur coupe est rougie,
  Et qui mangent leur chair ?

« Malheur ! malheur à ceux qu'un vain luxe dévore,
Qui font rugir le jeu du soir jusqu'à l'aurore ;

(1) Cette pièce entièrement inédite, de M. Auguste Tarry, fait partie d'un recueil intitulé : Mélancolies, en ce moment sous presse, et qui paraîtra très prochainement. Nos lecteurs penseront sans doute comme nous, qu'il y a plus que de l'avenir dans une pareille poésie. Le Gymnase académique se trouve heureux d'être appelé le premier à signaler à la France littéraire le nom d'un jeune poète destiné à acquérir bientôt une juste célébrité.

Qui jettent des flots d'or pour bâtir des tombeaux ;
Qui changent chaque nuit en fête, en bals splendides,
Et des esclaves nus font des cariatides
  A porter des flambeaux.

  « Tremblez ! vous qui, siégeant aux festins magnifiques,
Vous vautrant dans les bras des femmes impudiques,
Epuisez le calice impur jusqu'à sa fin !
Vous qui dansez au son des harpes d'or, à l'heure
Où le mendiant crie, où l'orphelin pleure
  Son père mort de faim !

  « Tremblez ! il s'est levé le soleil des Vengeances.
Le peuple est fort et las ; ses mains ont pris les lances,
Il marche : le cheval foule le cavalier.
Tremblez dans vos palais ! Riches, nobles victimes,
Il est enfin venu le jour vengeur des crimes...
  A vos reins de plier !

  « A vous de vous courber sous le bâton du maître ;
Le peuple est un lion que rien ne peut repaître ;
Il va fondre sur vous comme un vol de vautours,
Car a dit l'Eternel, le seigneur des batailles :
J'abattrai de mes mains les plus fortes murailles,
  Et les plus hautes tours. »

  Et le peuple criait, et ses clameurs puissantes,
Etaient comme le bruit des mers retentissantes ;
Son hurlement s'enflait, toujours plus menaçant ;
D'un orage on eût dit les voix tumultueuses,
Le fleuve débordait, ses eaux impétueuses
  Croissaient en avançant.

  Or, en ce même temps, à la lueur des torches,
Une voix moins bruyante éclatait sous les porches
D'un palais tout de marbre, où l'argent reluisait,
Où des femmes montraient leurs lascives parures,
Où les puissans du jour étalaient leurs dorures,
  Et cette voix disait :

  « Chantons : le temps est court et la tombe profonde,
Répandons à longs flots les bons vins comme l'onde
Dans le cristal de roche ; amis, soyons joyeux !
Chassons de notre esprit toute mélancolie,
Car l'ivresse est raison, la sagesse folie,
  Chantons, soyons heureux ! »

  « Sachons user du temps, car c'est l'ombre qui passe,
C'est l'éclair fugitif qui brille et puis s'efface ;
L'instant fuit pour toujours, qu'il soit pénible ou beau ;
Nous serons oubliés aussi bien nous qui sommes
Que si nous n'étions pas ; vit-on jamais les hommes
  Revenir du tombeau ? »

  « Buvons, que les liqueurs embrâsent notre lèvre,

Remplissons et vidons nos coupes de vieux Sèvre ;
Que l'or de toute part ruisselle dans ces lieux ;
Que le peuple, voyant tant de magnificence,
S'étonne à notre aspect, s'incline et nous encense
De même que des dieux. »

« Jouissons, dépensons largement notre vie ;
Que nos plaisirs de rois à tous fassent envie ;
A nous, à nous la joie, aux malheureux les pleurs.
Que des parfums exquis, montant des cassolettes,
S'étendent en nuage au-dessus de nos têtes.
Couronnons-nous de fleurs. »

« Le moment est venu : femmes, vous êtes belles,
Vos yeux savent lancer d'ardentes étincelles,
Vos seins sont hâletans, déroulez vos bandeaux ;
Esclaves éteignez cette flamme indiscrète,
Que la lueur des punchs seule éclaire la fête ;
Enlevez ces flambeaux. »

« Jetons, jetons nos bras aux cous des courtisanes,
Amis, enivrons-nous de ces plaisirs profanes,
Froissons dans nos ébats la pourpre et le satin ;
Il faut de chauds baisers à la lèvre rougie ;
Réjouissons nos cœurs, faisons bondir l'orgie
Du soir jusqu'au matin. »

Mais, comme en ce festin où la sainte colère
Parlait en traits de feu, la clameur populaire
Retentit tout-à-coup, ébranla les lambris.
Tout trembla : quelques-uns, à ce coup de tonnerre,
Furent comme don Juan devant l'homme de pierre.
Puis les chants ont repris :

« Qu'importe ce torrent ! que veulent ces esclaves ?
A nos pieds le volcan arrêtera ses laves.
Chantons : à nos regards pâlira le danger.
Et pour calmer ce peuple ardent à sa besogne,
Donnons-lui, comme on jette au vieux dogue qui grogne,
Quelques os à ronger. »

Ils disaient : mais soudain la flamme étincelante
Dévora ce palais et sa race insolente :
Et l'on dit au passant qui médite en ce lieu,
Que lorsque l'incendie eût englouti la fête,
Une voix s'éleva, disant : « *justice est faite.* »
C'était la voix de Dieu.

A. TARRY.

# NOTRE-DAME ET LA MAGDELEINE.

Toutes les grandes cités ont leurs jours de gloire et de malheur, leur jeunesse et leur caducité : c'est une vaste existence dont toutes les phases sont marquées par quelques grandes révolution et dont l'âge se compte par les catastrophes.

Il serait difficile de dire à quelle période de cette vie si tourmentée Paris est arrivé; il faudrait connaître le terme de ses grandeurs ; et Dieu seul le sait. La seule supposition qu'il nous soit permis de faire, c'est que le temps de sa jeunesse est passé, et que, pour cette capitale du monde, est arrivé ce moment où l'on recueille le fruit de l'expérience et où la science éteint le sen-sentiment. Cette science, quelque belle qu'elle soit, avide de tout envahir, de tout renverser, sape quel-quefois dans ses aveugles innova-tions, de vieux monumens que le peuple revère, abat des statues de-vant lesquelles bien long-temps il s'est prosterné..... Le bruit de leur chûte ne provoque ni plaintes ni larmes; personne n'ose se récrier : c'est la civilisation qui frappe?

Ainsi tombent une à une nos an-tiques croyances; ainsi disparais-sent, sous la puissance de jeunes idées, les restes mutilés d'une re-ligion jadis assise sur un trône d'or.

Que l'on est loin aujourd'hui de cette foi si riche de poésie et de consolation ! Maintenant nous n'a-vons plus que de vagues systèmes, de froides théories ! Adieu ces fêtes touchantes où mille voix de jeunes filles se mariaient à l'harmonie grave et solemnelle de l'orgue; adieu ces prières si ferventes que tout un peuple adressait au Créateur; main-tenant, plus de cérémonies reli-gieuses, plus de saints cantiques : la simplicité naïve de nos péres a

expiré sous les efforts du XVIII* siècle, et avec elle est mort le chris-tianisme.

Je laisse à d'autres le soin de dis-cuter les causes de cette chûte, dont les conséquences sont graves, et je m'abstiendrai de toute observation au sujet de cette grande mutation de principes. L'heure où devait s'en-gloutir dix-huit siècles de gloire avait sonné sans doute; on était las des vieilles croyances, comme on est las des vieilles choses. La philoso-phie a jeté le mot *raison*, et ce mot prononcé, le christianisme n'avait plus d'autels.

Cent ans se sont écoulés depuis cette révolution, et le scepticisme des pères a passé dans le cœur des fils. Cependant, par une bizarrerie extraordinaire, les fils veulent élever des temples aux dieux que leurs ayeux ont renversés, et laisser sub-sister dans les âges futurs la preuve toujours permanente, inflexible, de leur incrédulité; car elle existe en caractères ineffaçables sur le front de ces palais divins. Au moins ce peuple si vaniteux de ses lumières aurait-il dû tenir à honneur de ca-cher son apathique indifférence !

Pourquoi, me suis-je demandé, ces mêmes hommes qui comman-dent à des masses de granit, qui élèvent des temples de marbre à nos gloires militaires, ont-il perdu la puissance de produire, quand l'œu-vre qu'il faut accomplir exige un sentiment religieux? Pourquoi une architecture mesquine et guindée, lorsque non loin de là sort de ses langes de charpente un édifice plein de majesté et d'inspiration? C'est qu'aujourd'hui on se rappelle plutôt de ses victoires que de son Dieu; c'est qu'il y a un nom qui, en France, est prononcé avant celui de Jésus-Christ...... le nom de Napoléon.

Dans notre siècle, où rien ne parait impossible, on avait cru avec de la science reproduire la naïveté des premiers âges ; on avait cru, parce qu'on possède une école des beaux-arts, pouvoir — à l'exemple d'hommes bien moins savans que nous — créer quelque grand monument. On fait d'immenses préparatifs, on dépense des sommes énormes ; et quel résultat obtient-on pour prix de tant de travaux ? la Magdeleine..... triste avorton de la pensée religieuse ; dernier et pâle reflet de saintes croyances !

Si l'on compare le grandiose de notre magnifique cathédrale avec la colonnade régulière de la Magdeleine, on comprendra facilement la différence de pensée qui présidait à leur plan.

Dans la première, c'est la simplicité de nos pères, leur brûlante imagination ; tandis que dans l'autre on découvre les efforts pénibles d'une pensée impuissante ; en vain on entoure le monument d'une ceinture de broderies ; en vain on a sculpté un large frontispice : tout est pâle à côté de ces statues bizarres qui peuplent le vaste portique de Notre-Dame ; tout est mesquin à côté de ces tours imposantes qui écrasent la chétive Magdeleine de leur immensité.

Pénétrons dans l'intérieur de la Magdeleine et cherchons à distinguer au milieu des échaffaudages qui l'encombrent encore, ces chefs-d'œuvre de l'art, promis depuis si long-temps.

Au premier coup-d'œil, on a peine à deviner une église ; trois coupoles, ornées chacune de quatre grandes figures, représentant sans doute des saints ; de petites colonnes, surmontées de triangles de marbre, entourant symétriquement une vaste table en forme de carré long.....
Voilà ce qui frappe d'abord les regards. Ce n'est pas avec ce sentiment de crainte et de respect qu'inspire ordinairement une belle église gothique que l'on pénètre dans le sanctuaire sacré. Cette allée de lourdes colonnes qui bordent les murs du temple laisse le regard pénétrer jusqu'au fond du chœur. Ils n'ont pas compris, ces savans et religieux bâtisseurs d'autels, que l'esprit aime à errer dans les détours mystérieux de ces forêts de pierre qui s'élèvent grandes et majestueuses comme les chênes antiques d'une forêt vierge... A Notre-Dame, le regard tourne autour de ses mille colonnes et semble chercher quelque révélation de la gloire du créateur.

Si ensuite on lève la tête, on voit un commencement de dorure à l'une des coupoles dont j'ai déjà parlé. Voilà bien le siècle, me suis-je écrié, cachant sous l'or toutes ses faiblesses ! Notre-Dame a-t-elle de l'or à ses voûtes immenses, à la dentelle de ses ogives ?.... Non, certes ; et à voir ces colonnettes frêles et légères qui s'élancent hardiment, vous diriez de minces jeunes filles soutenant de leurs jolis bras ces lourds arceaux et formant des rondes gracieuses.

L'art, encore une fois, avec toutes ses découvertes, pourrait-il imiter ces brillans vitraux, qui jettent des lueurs si mystérieuses ? enfanter ces grandes et bizarres sculptures ?... Partout on sent que manque cette poésie répandue dans la création gigantesque de Notre-Dame ; que l'on n'a pu saisir ce caractère d'originalité que l'on remarque dans ses moindres détails : ici c'est le génie montant aux derniers échelons de sa grandeur, et jetant en bloc ses vastes conceptions ; là l'hypocrisie, toujours maniérée, dédiant des autels à des idoles qu'elle brise en secret, à des dieux qu'elle défie.

Si Notre-Dame est l'hymne solemnel de tout un peuple, la Magdeleine est la prière balbutiée par l'athéisme expirant.

Au milieu des flots de lumière dont nous sommes entourés, de ces belles inventions qui étonnent le monde, il est triste de voir que nous avons échoué devant une entreprise que des siècles beaucoup moins éclairés que le nôtre ont exécutée ; il est plus pénible encore d'en rechercher les causes... c'est-à-dire l'absence de principes religieux. Quand le cœur est froid, l'esprit l'inspire mal, et si l'on veut lutter contre cette difficulté insurmontable, alors on manque son but, et on ne laisse après soi que le souvenir de son impuissance : c'est le tort du XIX° siècle; il a voulu entreprendre une œuvre au-dessus de ses forces, et il a succombé. Certes, c'eût été mettre le sceau à sa gloire que de l'accomplir; mais que peut faire la science sans le sentiment?.....

ALPHONSE MAYER.

# ÉPITRE

## A un jeune Curé.

Jeune et savant D..., vous dont l'ambition
Est de gagner des cœurs à la religion,
Vous qui, contre l'impie et sa folle jactance,
Dirigez les élans d'une sainte éloquence,
Vos succès sont flatteurs ! Nos jeunes Marseillais
Au sermon, grâce à vous, trouvent quelques attraits.
Alors que vous prêchez, l'église est étonnée
De revoir ces mondains qui l'ont abandonnée
Imitant le maintien d'une humble piété,
Déposer tout l'orgueil de l'incrédulité.
Désertant les cafés, son asyle ordinaire,
La jeunesse attentive entoure votre chaire,
Et conçoit que, malgré les efforts du démon,
L'on puisse sans dormir écouter un sermon.
Savez-vous, cher D..., par quel charme magique
Vous exercez sur nous ce pouvoir despotique,
Quel privilége heureux vous a valu l'honneur
D'être l'ami du juste et l'ami du pécheur?
Votre éloquence aimable embellit la morale,
Et vous n'adoptez point cette fougue brutale
Qui, toujours en fureur contre l'humanité,
Nous ouvre de l'enfer l'horrible éternité.
Le Dieu que nous servons est un Dieu de clémence,
Il veut de ses enfans l'amour, la confiance,
Et se tient offensé qu'un ministre exalté
Prétende armer son bras d'un glaive ensanglanté.
Pour vous, connaissant mieux notre humaine faiblesse,
Vous laissez cet air sombre, effroi de la jeunesse
Et ces dehors plâtrés d'un zèle mensonger
A ces esprits chagrins qui peuvent sans danger
Effrayer chaque jour de leur pieux tonnerre
Les quatre ou cinq dévots groupés près de la chaire.
Sur le chemin du ciel vous semez quelques fleurs,
Et, pour encourager le pauvre voyageur,
Pour charmer les ennuis d'une campagne aride,
Vous dites au passant : prends la gaîté pour guide !

Peut-être, cher D..., quelques vils ennemis,
Aux yeux doux, mais aux cœurs par la haine flétris,
Iront partout disant que votre ministère
Est de nous convertir et non pas de nous plaire
Méprisez, croyez-moi, les injures des sots,
Poursuivez et prouvez à tous les faux dévots,
Qu'un chrétien peut très bien, s'il a de la franchise,
Etre aimable au salon et pieux à l'église.     S,... D.

# LE BIEN DIRE ET LE BIEN FAIRE ou LES DEUX ROUSSEAU

### ( ÉTIENNE ET JEAN-JACQUES. )

S'il est un homme dont la mémoire doive intéresser spécialement le monde social, c'est sans doute un citoyen généreux et à peine connu qui a consacré une partie de sa fortune à l'éducation de la jeunesse.

Etienne Rousseau, né à Vierzon, d'une famille distinguée, reçut de ses parens une très bonne éducation. L'amour de la vertu fut de bonne heure son unique mobile. Dès que la mort eut ravi à cet homme sensible un père et une mère qu'il chérissait tendrement, il ne voulut plus rester à Vierzon.

Il parcourut différens pays, sans oublier pourtant celui qui l'avait vu naître et qui conservait pour lui des restes bien précieux : partout où il passa il eut occasion de remarquer que de l'éducation dépend en très grande partie le bonheur ou le malheur des hommes. Cette observation détermina l'objet particulier de sa plus tendre sollicitude, et tourna toutes ses vues du côté de l'enseignement : dès lors il mit à profit ses talens, afin de recueillir les moyens de réaliser ses projets.

O citoyen de Genève, mon héros fit mieux que de déclamer contre les richesses, ce fut d'apprendre par son exemple qu'on peut s'en procurer sans s'écarter de la probité la plus scrupuleuse et de la délicatesse la plus rare.

Lorsqu'il mourut, en 1764, il exerçait à Paris la profession d'avocat au Parlement. Il légua par son testament 120,000 francs (somme alors beaucoup plus considérable qu'elle ne le serait aujourd'hui), tant au collége de Vierzon qu'à celui de Bourges; bienfait que la révolution française a englouti avec tant d'autres.

La même direction de vues vers l'éducation, encore plus que l'identité nominative, semble appeler un parallèle où tout l'avantage est pour le bienfaiteur de l'ancien Berry.

Jean-Jacques Rousseau s'appliqua à bien dire; Etienne Rousseau mit sa gloire à bien faire.

Celui-là, — je frémis d'y penser, — abandonna ses propres enfans aux soins de la providence, et osa tracer aux pères les obligations que la nature leur imposait; celui-ci se tint libre des liens du mariage, mais devint par sa générosité le père de tous les enfans d'une province qu'il avait quittée depuis long-temps, et qui ne lui rappelait que de douloureux souvenirs.

L'un fuit les hommes; l'autre les cherche pour contribuer à leur bonheur.

Le premier renonce publiquement et avec orgueil à sa patrie, à cette République qu'il a tant vantée et dont il ne veut plus entendre parler; le second retrouve sans cesse au fond de son cœur la douce image de son pays natal, et lui consacre ses derniers vœux.

Jean-Jacques prêche l'égalité; Etienne montre l'usage qu'il faut faire des présens de la fortune; et s'il n'a point composé de roman sur l'éducation, il a adopté deux colléges.

Tout est perverti, si l'on oublie les bienfaiteurs pour ne plus penser qu'à ceux dont le talent, souvent subversif, consistait seulement dans l'art de bien dire. SILVAIN DUPIN, *Curé de Montrichard* (Loir-et-Cher).

Imprimerie de BERDAN et PINONT, rue du Caire, 32.